朝が来るまで夜は待つ
When the sun rises, the night ends.
志馬なにがし
ill.raemz
JN180051

CONTENTS

志馬なにがし

朝が来るまで夜は待つ

GA文庫

カバー・口絵　本文イラスト
raemz

1．プリンとおとうさん

大好きなママへ。

今まで本当にありがとう。

これはママを想《おも》って作った曲です。

☽

今、SNSのライブ機能で生配信をしてる。

スマホを机にたてかけるように置いて、雑談しながら、歌を届けてる。

顔を映《うつ》すのは恥ずかしいというかまだ抵抗があって、ファンの方が書いてくれたイラストを背景にした声だけの生配信だ。

ファンからリクエストがあって、私は宇多田《うただ》ヒカルのデビュー曲をカバーしていた。

私が歌い始めると、「低音うまっ」とか「すごー!」とかコメントをくれてうれしくなる。

私は歌いながら、ちらっとスマホの画面を見た。

画面の上の方に、「LIVE」って文字があって、となりに「1954」って出てる。同時接続数って、今この瞬間、私の歌を聴いてくれている人の数だ。

もうちょっとで二千！

私は声を張ってサビを歌った。

「次は何を歌おうかな〜」

宇多田ヒカルも歌い終わって、次の曲は決めていたけどおどけるように悩んだふりをした。

同時接続数が二千を超えて、たたみかけるなら今だって思った。

「じゃあ夜も更《ふ》けてきたし、この曲で。『夜が明けたら朝が来る』」

スマホの画面に、『わ〜♥』とか『待ってました😍』ってコメントがたくさんあふれてくる。

古参のファンの人も『しあわせ〜♥♥♥』ってコメントをくれた。

画面の右下からハートマークが湧《わ》き出《で》るように上っていく。

やっぱりみんなこの曲が好きなんだ。

　完全な黒なんてないんだって外を見た
　闇《やみ》の中に微《かす》かな明かりが見える
　夜の静けさ　星空の淡い光
　私はきっと朝を待っている

世界のみんな、画面の向こうのみんなが盛り上がってくれていることを感じる。

さすが私の最大ヒット曲。宣言しただけで同接数がぐんぐん伸びていく。
本当は別の曲もたくさん作ってるからそっちも聴いてほしい。けど、やっぱり、同接数にもこだわりたい。

微かな星だって道しるべになる
夜の中聞こえた
あれはあなたの言葉?
夜明けを待ちながら

スマホ画面をちらっと見る。
画面の上の方に、「2789」って出てる。
もうすぐ三千人!
私はもっと伸びろ~って、声に力を込めた。

青に染まった夜のはし　夜のはしには
静かな海が広がってる
新しい一日を迎えよう

夜が明けたら朝が来る

祈りが通じたのか、「LIVE」って文字のとなりには「3034」って出た！

やった！　同接三千超えた！

このまま一万人とかいかないかなあ！

そんな煩悩《ぼんのう》が視聴者に伝わったのか、聞いてくれている人の数は風船がしぼむように減っていく。

それから、「リクエストありますか～」とか、「カバーできたらしよっかな～」とか、たまにYOASOBIの曲とか口ずさんでみたりしたけれど、結局、一瞬出た「3034」を超えることはなかった。

☽

次の日。朝が来た。

朝はあんまり好きじゃない。

もともと低血圧で気分が上がらないってこともあるけど、自分の時間が終わっちゃったような気がしてさみしい気持ちになるからだと思う。

食卓から朝ごはんの匂《にお》いがした。テーブルにはたくさんのおかずが並んでいる。おとうさんは席について、いただきますと手を合わせた。おかあさんはキッチンで何やらまだ作っているみたいだった。

今日はよく晴れていて、マンションの窓からキラキラしている海が見えた。

もう十一月だからリビングはひんやりとしていた。窓は閉まっているけど、窓越しに「ボー」って、何度も船の汽笛《きてき》が聞こえてくる。いつもの朝だった。

私が席につくなり、おとうさんは「ＬＩＶＥどうだった？」って聞いてきた。

「同接が三千いったけど、本当は一万とかいってほしかった！」

自分がぶすっとしていることは自覚できた。本当はこんな反抗期みたいな態度をやめたいけど、やっぱり、目標にいかなくて悔《くや》しかった。

「三千でもすごいじゃないか。だってあんな夜中に三千人も起きて、サヤの歌を聴いてくれているんだぞ～」

「だぞ～、じゃないよ。有名な人は一万とか五万とかいくんだよ。まだまだ微妙だよ」

そう。私の立ち位置は微妙なのだ。動画サイトの登録者も五十万からずっと増えていない。

有名かどうかと聞かれたら、そこそこ有名だけど、だれもが知る「Ｙｏｒｕ《ヨル》」というわけではない。超有名になりたいの？　と聞かれたら、それはそれで微妙だけど、やっぱり、やるからにはそれなりにがんばってみたい。

「あ～！　もっと有名になりたい！　テレビとか出たい！」

そう叫《さけ》ぶと、おとうさんはあっはっは～、と笑っていた。

「やっぱり新曲発表とかに合わせてＬＩＶＥ配信すればよかったかな～」

「サヤ、そんなにぽんぽん新曲できないじゃん」

「も～、おとうさんすぐそんなこと言う」

「おとうさんも経験あるけど、曲作りって大変なんだぞ」

「曲はすぐできるんだよ。私の場合は、か、し！　歌詞がうまく出ないの」

「作詞もなかなか大変だよな～」

おとうさんは昔バンドを組んでいたこともあって、私の相談に乗ってくれる。おとうさんは腕を組んでうんうんうなずいてくれていた。

そのときだった。おかあさんが、「はい、目玉焼き～」と持ってきた。

「も～、ふたりとも、朝ごはん食べなさい」

私は「いただきます」って小さく言った。

純和風な朝ごはんだった。ごはんにみそ汁。しらすが乗った大根おろしに、目玉焼き。あと納豆。ひじきの煮物だってある。

「はい。目玉焼きには醤油《しょうゆ》か？」

って、おとうさんが醤油差しを渡してくる。

するとおかあさんが「あら」と言って、

「サヤは塩こしょうよ」

って、塩こしょうのボトルを渡してきた。

正直、低血圧な私は朝からこんなに食べられない。ジャムを塗ったパンでいい。

「おかあさん、たまにはパンがいい」

塩こしょうをかけながら言うと、おかあさんは頬《ほお》に手を当てて、

「まあまあ。中学生まではママって呼んでくれたのに、急におかあさん呼びなんだから、ママちょっとさみしい」

おとうさんも加勢してきた。

「そうだぞ。去年まではパパだったのに、おとうさん、だなんて……」

パパだったかママだったか、配信でぽろっと出てしまって、「呼び方かわいい～」ってファンからいじられたことをきっかけに呼び方を変えた。結果、ふたりからいじられ続けている。

ほんとこのふたりは……ってため息が出た。

「うざ」

って言うと、ふたりはあははと笑っていた。

つられて私も笑ってしまった。

こうやって私も笑うから、ふたりのいじりは終わることがない。

今日もよく笑う夫婦だって思った。

パン派に改宗しませんかって、私の話は無視されたようで、

「そうそう、それよりあなた！　サヤにちゃんと言ってやってくださいよ。スマホでＬＩＶＥ配信なんて危ないじゃないですか。それにテレビだなんて、もしそうなっても、私は反対ですからね」

そう、おかあさんはちょっと怒っている。まあ、いつものやつだ。

「大丈夫だって。顔も出していないし、個人情報につながることを言わないようサヤも気をつけているし」

「そんなのんきなこと言って、大事《おおごと》になってからじゃ遅いんですよ」

さっきまで大笑いしていたのに、今度は喧嘩《けんか》してる。

今日もよく喧嘩する夫婦だって、私は無視して目玉焼きをひとくち食べた。

私の好きな半熟でおいしいけど、やっぱり朝からこんなに食べられない。

「ごちそうさま」

そう言って立ち上がると、「もう食べないの？」っておかあさんはおとうさんに怒ったままのテンションで私に言ってきた。

たしかに半分くらいしか食べれてない。

「だから朝は食欲ないから、ヨーグルトとかだけでも十分なんだって……」

むしろ食べれないから申し訳なく感じるわけで。

おかあさんが何か言おうとしたけど、「ボー」って大きな汽笛の音がして、おかあさんの言葉をかき消した。

おかあさんはもう一回息を吸って何か言おうとしたので、

「いってきます」

って、私はおかあさんの言葉に被《かぶ》せた。そして逃げるように食卓を後にした。

「学校がんばってね～！」

ごはんを残した私に怒るわけでもなく、そんなおかあさんの声が後ろからした。

やっぱり、朝はあんまり好きじゃない。

☽

私の家は海沿いの十三階建てのマンションで、部屋は最上階にある。

よくこのことを友達に言うと、最上階すご～いとか言われるけど、別に私はこの家が好きじゃない。エレベーターの待ち時間は長いし、階段で下りるのもつらいし、廊下は夏は暑いし、冬は寒いし、メリットがないのだ。

また「ボー」って聞こえた。

本州の先端の山口県《やまぐち》下関《しものせき》市と、九州の先端の福岡県《ふくおか》北九州《きたきゅうしゅう》市の間に、関門海峡《かんもんかいきょう》ってい
う海がある。海っていっても対岸が見えるくらいの大きな川みたいな海峡なんだけど、マン
ションの目の前がその関門海峡で、貨物船とか大型客船とかいろんな船が毎日たくさん行き来
していている。どういうタイミングで鳴らすのかわからないけど、「ボー」って船はよく汽笛を鳴
らしている。

エレベーターを待っている間に、おとうさんが出てきた。

「おっ、間に合ったか」

「おっ、じゃないよ〜。このエレベーター遅すぎだから」

「サヤがエレベーター呼んでくれてたからラッキー」

「もう。おとうさんがこんなところ買うから」

「こんなところって……、買うとき抽選になったんだからな」

運がよかったな〜、と独《ひと》りごちるおとうさん。

冗談っぽく、「うざ」って言うと、おとうさんは笑っていた。

ちょうどそのとき、チン、とエレベーターが到着した。

学校まではバスで行く。唐戸《からと》まで歩いてバスに乗り、東駅《ひがしえき》まで行く。赤間神宮《あかまじんぐう》の前を通っ
て、亀山八幡宮《かめやまはちまんぐう》の前を通る。そう。バス停へ行くまでに神社をふたつも横切るのだ。

神社がこんなに密接して、神様は領地争いをしないのだろうかと思ったことがある。まあ、天災とかないからしないのだろう。だけど地元民からすればどっちを参ればいいのか迷うときもある。私の音楽活動がもっと波に乗りますようにって、どっちの神社でお願いすればいいかわからなくなる。

「さぶっ」

そんなどうでもいいことを考えていると声が漏《も》れた。

冬の下関は潮風が強い。鼻から吸い込むとつんと痛くなるような乾いた風がびゅうびゅうと吹いてやがる。そしてその風が実際の気温よりはるかに寒く感じさせる。スマホの天気予報のところに「実際の温度」と「体感温度」って表示されていて、実際の温度は九度なのに、体感温度は一度って表示されていた。

まだ十一月なのにコートの首元を締めて、風が入らないように歩いて行く。唐戸のバス停にようやく着いて、それからバスに乗って東駅へ向かった。

高校の最寄りのバス停は「東駅」っていう。なんで「駅」って付いているのに電車は通っていないのかと思ったときがある。どうやら、ずっと昔は電車が通っていたとかで、その名残《なごり》のようだった。

バスの中はぽかぽかしていて天国かと思った。座れるほど空いてはいないけど、肩をぶつけたりするほど混んではいない。まあそれなりの田舎《いなか》だ。

東駅で下りて、またしばらく学校へ歩く。

なぜか東駅付近には高校が四つもある。そして東駅にはマックがあって、スーパーがある。むしろ学生からしたらマックしかない。このマックは近隣の高校生のたまり場になっていて、まあ、だから私はあまり行くことはなかった。私はどちらかというと静かな喫茶店が好きなのだ。

そんなことを考えていたからかな。クラスに入ると一番に陽菜《ひな》から「ねーねー、帰り、マック行かない？」って聞かれた。

陽菜は中学からの友達だった。同じ中学から同じ高校に進学して、たまたま同じクラスになった。陽菜は中学の頃からバレー部で、高校でもバレー部に入っていた。いつもは部活に忙しそうだから時間が合わないけど、考査で部活が休みになっている間は、いっしょに勉強したりすることもあった。

「もうすぐ期末考査だしさ。マックで勉強する？　ってみんなと話してるんだけど」って陽菜。

「えー。マックよりも喫茶店の方が静かでいいよ」

「喫茶店だと高いじゃん」

「えー。千円くらいだよ」

「マックだと数百円じゃん」と陽菜。

「そっか」

そう言って、ふと考えることがある。

……金銭感覚が友達と合わなくなっていないか、って。

おとうさんの使ってない口座を使わせてもらってるから動画サイトの収益がどれだけ入ってるのかわからないけど、私は相当な額を稼《かせ》いでいるらしい。だから機材を買うとか言うとお金をもらえるし、ちょーだいって言ったらもらえる。要は、お金に困ったことがないのだ。

このあたりは私が合わせるべきなんだろうけど……。

「そっかってなんだよ～」って陽菜に言われ、ちょっとヤバって思ってしまった。

だからごまかすように私は言っていた。

「マック、プリンがないからな～」

「ほんと、沙夜《さや》、プリンに目がないよね。おじゃる丸か」

「♪～」

プリンが好物《こうぶつ》のアニメキャラクターの名前を言われ、反射的にそのアニメのオープニングを口ずさんでしまった。だってあんなにプルンプルンのあま～い食べ物、おいしくないわけがない！

すると、陽菜は小首を傾《かし》げて、

「なんか沙夜の歌声ってだれかの声に似てるんだよね～」

ヤバッ！

冷や汗が出た。

私は「Ｙｏｒｕ」のことを家族以外に話したことがない。

だって「Ｙｏｒｕ」だってわかってしまったら、『ねえねえ歌ってよ』とか、『昨日の配信見たよ』とか絶対いじられるし、最悪の場合、『キャラ作ってない？』とか『ねえいくら稼げるの？』とかとか……悪意のある人がいればの話だけど、あることないこと話されそうで、怖い。

だから音楽の授業でも声質を変えて歌ってたのに……完全に気を抜いてしまったのだ。

「あはは。だれに似てるんだろうね～。それよりも私、だれかと勉強すると話し込んじゃうから、やっぱりひとりで勉強するよ」

「えー、沙夜来ないの？」

話が私の歌声からマックに逸《そ》れた。

ごめんごめん、って笑ってごまかす。

私がＹｏｒｕだって気づかれなかったか気になって、めちゃめちゃ汗をかいた。

☽

というわけで私はひとり家の近くの喫茶店で試験勉強をしていた。

赤間神宮の前、私のマンションから五十メートルくらいのところにある喫茶店だ。

この喫茶店は一階が会計口で、二階に座席がある。

関門海峡が目の前にあって、海が近く見える。私の家が十三階だからか、二階から見る海は、波の音が聞こえそうなほど近く見える。

水面が反射した光が入るからか、あえて店内は暗くしているように思えた。

暗い店内にはシックな音楽が流れていて、穴場カフェだからか、貸し切り状態だった。

ベランダにも二席ほどガーデニングテーブルが置かれているけど、私はベランダ席よりも店内が好きだった。暗い部屋と、青い関門海峡のコントラストが単純にきれいって思ってしまう。

やっぱり、音楽を作るからか、日頃から感性を刺激してくれる場所を探す癖《くせ》がある。

自分の内側のやわらかいところみたいな、頭の奥底というか、言い表すにはむずかしい部分を、どかんと叩《たた》いてくれてもいいし、羽でくすぐられてもいいし、そういう刺激をくれる場所を探している。

「好きだなあ、ここ」

そんなことを言うと、ふっとコーヒーの匂いがした。

振り返るとコーヒーを持った店長さんがいて、

「ありがとうございます」

って、笑われた。

いえいえ、って私は顔から火が噴き出しそうなほど恥ずかしかった。

それから私は数学の試験勉強をしていた。

……はずなんだけど、気づけばノートの端に歌詞を書いていて、ああでもないこうでもないと考えてしまっていたのだ。

勉強なんて進むわけがなくて。

授業中はそんなことはないんだけど、自習をしてしまうときの癖みたいなものだ。

すぐに曲や歌詞を考えてしまうから、自習中に友達にノートをのぞかれると結構やばい。

やばいから、今日やっぱり陽菜とマックに行かなくてよかったなんて思うし、逆に、マックに行ってしまえば強制的に勉強をしたんじゃないかという気にもなってくる。

結局は結果論。

今日はいい歌詞が書けたからそれでいいじゃないか。

なんだか当初の目的を見失っている気がするけど、私が注文していた「焼きプリン」が運ばれてきて「わ～」と声を上げた瞬間、考えていたことすべてが吹き飛んだ。

お皿にプリンが乗っている。プリンの頭の方がこんがり焼かれている。

プリンってどっちが頭だよって話があるけれど、私はプリンをひっくり返してお皿に盛ったとき、上になる先の細くなった方が頭だと思っている。じゃあプリンは容器に入っている間、ずっと逆立ちしているんだって考えると、なんだかおもしろい食べ物のようにも思えてくる。

そのプリンの頭が、キャラメリゼされているからこのプリンは、焼きプリンなんだ。

砂糖をバーナーで焦《こ》がすことをキャラメリゼっていうらしい。そのキャラメリゼされたプリンの頭にバニラアイスが乗っている。カラメルソースがお皿に広がっていて、もう見た目からして百点だった。

私はお皿を揺らしてぷるぷる具合を確かめる。少し揺れる程度で、ここのプリンはしっかりタイプのプリンだ。

アイスとプリンをからめてスプーンですくう。そしてパクリ。

アイスの冷たさが口いっぱいに広がって、プリンのたまごみが次にくる。キャラメリゼされた砂糖の苦《にが》さがきて、それを溶けたアイスがまとめてくれる。飲み込んだあと、ふっとプリンの香りが鼻から抜けていった。

「おいしい～」

私のひとり言が店内に響いた。やばい我を忘れていた。

きょろきょろして……ひとりでよかった、と自分の平たい胸をなで下ろした。


結局喫茶店では勉強できなくって、私は家に帰った。

ただただプリンを食べに行っただけだった。

家には専業主婦のおかあさんがいて、「ただいま」って言ってからすぐ自分の部屋に入った。

なんとなく、おかあさんとふたりきりになるのは苦手だ。

年々私はおかあさんと似なくなっている。

性格だけじゃなくて見た目もそうだ。

おかあさんはどちらかというとふくよかな体をしているけど、私はどちらかというと華奢《きゃしゃ》だ。ほかにもいろいろある。おかあさんは柔和《にゅうわ》な顔立ちをしているけど、私はきつめの顔立ちをしてたり、手袋のサイズも靴のサイズもまるで違ったり、身長だって私の方が高くなった。

おかあさんと私はまるで似てない。

それに、なんだろ、どんどん私のやることに賛成してくれなくなっている気がする。

きっと部屋から歌声とかギターの音を聞きつけたら、勉強しなさいって言ってきそうだ。

本当に親子かなって思うことがある。

まるで他人と住んでるような居心地《いごこち》の悪さを感じるときがある。

だから私は帰るなりクローゼットに逃げ込む。

おかあさんと距離を置きたくて逃げ込むんだ。

クローゼットは私が中学生のときに改造した防音クローゼットだ。内側に防音スポンジとかを貼《は》り付けまくって、とにかく外に音が漏れないようにした特別製だった。

その防音クローゼットに加えて、部屋ではクラシック音楽を流すことによって、歌ったり、ギターを弾いたりすることはバレない算段だった。

クローゼットに籠城《ろうじょう》してまずはボイトレからスタートする。

ボイトレの本をライトで照らしながら、発声練習のページを開く。

腹式呼吸を素早く行ったり、深く行ったりする。唇をぷるるるって震わせたり、ハミングをしたりする。

もう本の内容は覚えちゃったけど、ボイトレをするときは本を開くことが癖になってしまっているのだ。

「あ〜い〜う〜え〜お〜」

あ行からわ行まで音を伸ばしながら発声練習する。

「わ〜を〜ん〜」

そうやって毎日、歌のトレーニングを自分ひとりでやってきた。

発声練習が終わったら歌を歌う。

SNSのライブでリクエストに応じて歌ってみることが多いから、レパートリーは多い方がいい。

「今日はだれにしようかな〜」

って、動画サイトを検索する。

「ドリカムにしよう」

チャットでもリクエストが多かったりする。

私の声質に合うかな〜、なんてひとり言を漏らしながら曲を選んだ。

「よし。これにしよう」

って、再生ボタンをクリックした。


二時間後。

そろそろ試験勉強しないとな。

そんなことを思いながら、私は試験勉強そっちのけで曲を作っていた。

歌っている最中に、〝降りてくる〟がやってきたのだ。

クローゼットの中では作曲用のノートPCが青白く光っている。

ジャンジャンとアコースティックギターを鳴らすと、いい感じにコードがつながっていく。

ララ、ラ、ラララ、ララララ～ララララ～。

と、とりあえず歌詞は「ラ」で仮置きして、作っていく。

「うん。いい感じ」

あとはこの曲に歌詞を付けたら完成だ。

どんな歌詞にしよう。

よく歌詞のテーマとか、伝えたいこととか、そういうのがあるけれど、私の場合、そういうものはそんなにない。曲に合った歌詞を、私の喉《のど》っていう楽器が奏でて、きれいな音が出たらうれしいっていうか、そういう感覚で歌っている。

だから、曲も歌詞も〝降りてくる〟待ちなんだと思う。

「う〜ん。ちょっと直感で歌詞を付けてみるか」

私は、ん、ん、と喉を鳴らして、内側から湧き上がる詞に身を任せてみた。

海の〜♪

おっ、「海の」って入りはきれいだと思った。

そして歌は続く。

「海の岬でプリンを食べたら体がふにゃる〜♪」

ダメだ。全然ダメだ。

「海の岬であまいもの、あまいもの〜体がふにゃる〜♪」

ダメだ。本当にダメだ。

圧倒的に〝降りてこない〟状態だった。

なんだよ、ふにゃる〜って。

私は自分が作った歌詞に思わず笑ってしまった。

ダメだ。圧倒的に作詞が苦手だ……。

「日頃から本とか読まないからいけないのかなあ」

そんなひとり言を呟いて、ポロロンってギターを鳴らしたときだった。ピシッって乾いた音が鳴った。

「あちゃ〜……弦が切れた」

今日はここまでかなって思ってたときスマホが鳴って画面に「おかあさん」って出た。

『私が部屋にいるときは音楽で聞こえないときがあるから、何か用があったらＬＩＮＥか電話して』

高校に上がってからは、もっぱらそういう感じで電話が鳴ることが多くなった。家の中で私たちは電話をする。

「なに？」

『ごはん、できたわよ。サヤが好きなコロッケ』

「別に好きってわけじゃないけど……。おとうさんは？」

『今日、残業なんだって。九時ぐらいには帰るって』

「じゃあ、おとうさん待つよ。おとうさんといっしょに食べる」

『冷めるわよ』

「いいよ」

そう言うと、『熱々《あつあつ》がおいしいのに』って、さみしそうな声がした。

☽

考査期間二日目というのに、もう勉強はうんざりしていた。気晴らしにプリンでも食べに行きたい。そんなことを考えていたときだった。

「帰り道、時間ある？」

下校時刻になって、そんなことを陽菜が言うので、「どうしたの？」って聞いた。

「帰り道寄りたい場所があるんだよね」

って、陽菜は言った。

考査期間で部活が休みだった陽菜は、どうやら海峡ゆめタワーに寄りたかったみたいだった。

下関駅近くに海峡ゆめタワーっていう高いビルがある。高いビルに銀色の球体が乗っていて、その球体が展望室になっているらしい。ちなみに私は上ったことはない。

目的地方向に帰る友達が私ってことで声をかけてくれたんだと思う。

私は「いいよ」って陽菜について行くことにした。

「私の妹がゆめたんが好きでさ。誕生日プレゼントはゆめたんがいいって言うんだ」

バスの中で陽菜は言った。

ゆめたんとは、海峡ゆめタワーのイメージキャラクターらしかった。

検索してみると、ご当地のゆるキャラみたいなマスコットキャラクターだった。

「妹さん、いくつになるんだっけ？」

陽菜には年の離れた妹がいた。「まだ六歳だよ」って陽菜は言った。

海峡ゆめタワーの四階に売店があるらしく、そこにゆめたんは売られてるらしい。

私たちはバスに揺られ、海峡ゆめタワーに向かった。

海峡ゆめタワーに着くと、売店に行って、これがいいかな、あれがいいかなってふたりで悩んで、ぬいぐるみを買うことにした。

「私、海峡ゆめタワーに初めて来たかも」

って、私が言うと、

「じゃあ、上にあがってみる？」

陽菜は上を指さしながら言った。

海峡ゆめタワーの二十八階が展望室らしい。いい機会だから上ってみることにした。

チケットを買って、大きなエレベーターに乗る。

「なんか、海峡ゆめタワーって外から見たことあるけど、上ったことはなかったな」

「私は家族で何度か来たことあるよ」って陽菜。

エレベーターはガラス張りだった。上っていくうちに足がすくんでしまった。

「すごいね〜！」

「結構高くまで上がるよ〜」

展望室に着くと、

「わ〜」

って、思わず声が漏れた。

海が見える。空が見える。山も見える。門司港《もじこう》の赤レンガも見える。関門橋《かんもんきょう》も見える。山際に立つマンション群も見えるし、消防署の赤い消防車が見える。リゾートホテルも見えるし、そのとなりにある小さな遊園地の観覧車も見える。海辺にある水族館も市場も見える。

私の暮らす街が、こんなに高いところからよく見える。

私の暮らすマンションも見えた。

あそこにはきっとおかあさんがいる。たぶん今頃《いまごろ》、料理を作ってるんだろう。

「ねえ、陽菜」

景色を見て、私と同じく「わ〜」ってなっていた陽菜に声をかける。

「なに？」

「陽菜んち、家族でここに来るって言ってたじゃん」

「うん」

「めずらしいよね」

無意識か、私はそんなことを言っていた。

「え。そうかなあ？」

「陽菜って、おとうさんとか、おかあさんとかと仲いいの？」

陽菜は、「うん？」って一瞬、固まったけど、「うーん」って考えてくれたようだった。

「まあ、家族でいっしょにどこか行ったりすることには抵抗ないかな」

なんで？　って陽菜は聞いてきた。

「いや〜……」

って私は答えて、下関の街に目を向けた。

——私はサヤの歌、聴きませんからね。


おかあさんの言葉を思い出して、気が重くなった。

私が初めて作った曲がバズったとき、音楽レーベルから正式なミュージックビデオやカラオケ曲を出しませんかと打診があった。そのとき、おかあさんから猛反対を受けた。中学生にはまだ早いと、自分の意見を曲げなかった。

そのときに言われた言葉が、いまだに胸に刺さっている。

別に応援してほしかったわけじゃない。

いや、うそ。中学生の私は、「よかったじゃん」とか、「がんばってね」って、よろこんでほしかったし、応援してほしかった。それを「私はサヤの歌、聴きませんからね」って切り捨てられて……めちゃめちゃむかついたことを覚えている。

それからだ。

おかあさんが苦手になったのは。

どんどん有名になって見返してやるって思っていたけど、小言の多いおかあさんにどんどん気持ちが萎《な》えてしまった。

聴かなきゃ聴かないでいいし、今やもうどうでもよくなっている。

そのときだった。

「あ、弦」

って口から漏れた。

ギターの弦が切れたことを急に思い出した。

「ゲン?」

陽菜が不思議そうな顔をしている。

「あー。高いところってさ、験担《げんかつ》ぎにいいよね」

そんなことを言って、なんとかごまかした。


陽菜と別れて、ひとり唐戸に向かった。

十字堂《じゅうじどう》っていう楽器店があって、そこで弦をいつも買っていた。

一階が楽器店で、上の階では音楽教室とかピアノレッスンが開かれたりする。私も昔、ここでピアノとギターを習っていた。小学生の間、一生懸命通ったけど、中学に入るとき全部やめてしまった。ただ、中学二年の時にまたギターを始めた。

「こんにちは～」

慣れた感じで挨拶《あいさつ》すると、「こんにちは～」って返ってきた。

さっそく弦を探す。

「ブロンズ弦にしてたけど、たまにはフォスファーブロンズ弦にしようかな」

もっと明るい感じに弾いてもいい気がする。

やばい。どっちにしよう。

そんなことを悩みながらギターの弦を選んでいると、楽しいって思えてくる。

ただギターの弦を選んでいるだけなのに……。

やっぱり私は音楽が好きなんだって思ってしまった。

☽

ほんと、よくできてると思う。

ベランダから関門海峡を見ていると、たくさんの船が行《ゆ》き交《か》っている。

船はぶつからないよう距離を保って、あらかじめ遠い位置から「ボー」って互いに鳴らし、右に舵《かじ》を取り合って、なるべく離れてすれ違っている。

その絶妙な距離感に、ふと、すごいなと思ってしまった。

人間もこんな感じに生きられたらどれだけ楽かと思えてくる。

私はずっとここに暮らしてるけど、未だに船が衝突したところを見たことがない。

土曜日のこと。

勉強勉強の毎日に疲れてしまい、朝から海を眺めていた。

すると、おとうさんが私の部屋をノックしたみたいだった。

「サヤ〜。何してる?」

「今、勉強中〜」

私も衝突を防ぐために平然と嘘《うそ》をついた。机について勉強のふりをする。

「のぞいていいかい?」

「いいよ〜」

おとうさんがドアからひょっこりと顔を出して、

「門司港でグランマーケットしてるんだけど、勉強の息抜きに、行くかい?」

「あ、いいよ。行く」

そう言った後に、

「ママも来るけど、いいよな」

って、おとうさんは言った。

ちょっとだけ、「うっ」ってなったけど、

「後出しじゃんけん、ずるくない？」

っておとうさんをにらんだ。


下関から関門海峡を挟んで門司港という街がある。その門司港は赤レンガの建物が並び、レトロな街並みをしていて、下関からは船で簡単に行ける。船とは下関から門司港へ行き来するための船で、五分ほどで対岸まで運んでくれるフェリーのことだ。

グランマーケットは、門司港側にある船乗り場の一帯で開かれる大きなバザーだ。たしか春と秋、年二回開催だった気がする。

総合案内って書かれたテントにマップが置いてあって、なんとなく手に取ってみると、なんと三百店舗って書いてあった。

私たちは下関から三人で船に乗って門司港に来ていた。

「どこに行こうかしら」

おかあさんがにこにこしていた。ひさしぶりにおかあさんと外に出た気がする。

「サヤはどこに行きたいの？」

と、おかあさん。

どこと言われても、毎回同じ店舗があるわけでもないし、そこまで覚えているわけでもないし、適当にぶらぶらするしかないと思うんだけど……って思った。

「……別に」

そっけない声が自分から出て、おかあさんは「……そう」ってさみしそうにした。

いや別にこういう態度を取りたいわけじゃないんだけど……。

そんなことを考えてちょっと凹《へこ》みそうになっていると、

「この前来たとき、おいしかったお団子屋《だんごや》、今回も出ているぞ」

って、おとうさんが助け船を出してくれた。

「あ、私、それ食べたい」

私がそう言うと、おかあさんは「いいわねえ」って言ってくれた。

ふう、気を遣《つか》うぜ。

お団子屋さんのテントに向かいつつ、バザーのお店をいろいろ見ることになった。

テントがずらっと並んで、ガヤガヤと人がいる。テントとテントの間におしゃれな三角旗とか飾られてる。テントのほかにキッチンカーも出てる。コーヒーだったり、ピザだったり、ホットドッグだったり、いろんなキッチンカーがある。いろんな匂いがする。その中で、私はあるキッチンカーに目を奪われた。

「飲む……プリン?」

飲むプリンなる悪魔的な魅力を放つお飲み物があった。もう口の中に唾液《だえき》が出てる。

「サヤ、飲みたいのか?」

おとうさんに言われ、何度もうなずいてしまった。

「どうぞ～」

って、おねえさんに手渡される「飲むプリン」。おとうさんが買ってくれたのだ。いろんな味があったけど、私はプレーン味を選んだ。

ごくりと飲むと、濃厚なキャラメルミルクの奥からプリンがやってきた。

「ほんとだ！　飲むプリン！」

って、思わず言ってしまったぐらいだ。

「おいしい？」

おかあさんに聞かれる。

「……うん。おいしい」

「よかったね」

にこにこするおかあさんに、素直になりきれない自分がいる。

飲むプリンを飲みながら海を見た。あっちには下関が見える。こうやって自分が住んでいる街を見ると、海響館《かいきょうかん》と大きな観覧車とリゾートホテル、それに海峡ゆめタワーがよく目立っている。あんな街に住んでいるんだなあ、って、なんとなく、感慨にふけった。

それからバザーをぶらぶらしていると、天然木でアクセサリーを作っているショップがあった。そこに木でできたスマホケースがあった。

触ってみると、木が吸い付くように手になじむ。

「これすごいなあ」

まさか木でスマホケースを作ろうなんて思うまい。

よく作ったなあなんて思っていると、

「これ、ほしいの？」

って、おかあさんが寄ってきた。

「いや」

って、つい否定から入ってしまう。

「買わなくていいの？」

おかあさんはにっこりと笑ってる。

「めずらしいなって思っていただけだから、大丈夫」

「これ、サヤのギターの色と同じ色じゃない？」

見ると、薄い茶色のスマホケースがあった。たしかに私のギターと同じ色だ。

「サヤ、めずらしいものとか好きだからな」

おとうさんが横から入ってくる。

……たしかにほしくなっている私がいたけれど、ただのめずらしいもの好きみたいに言われるとちょっと不服だ。

けど、まあ、たしかに？　ほしくなっていることはたしかで。

「うん……」

って、小さくうなずいたときだった。

「じゃあ、これください」

って、おかあさん。買ってくれる流れだったのか。

「はい」

ラッピングされた箱を手渡してくるおかあさん。

ありがと、ってちゃんと声になっているかわからなかったけど、一応、言った。

グランマーケットを歩いていると、ステージで歌を歌っている人もいた。

「私も歌いたいなあ……」

って、ぼそりと言うと、

「表舞台に立ったりは、ママはちょっと心配。サヤには早いんじゃない？」

その言葉にチクリと胸が痛んだ。

☽

ただでさえ朝はテンションが低いのに、月曜の朝ってだけでほんと憂鬱《ゆううつ》だ。

私の家は、朝ごはんに家族がそろうことが多い。

おとうさんは残業が多くて夜はいないけど、朝はいるから、朝食は家族全員でって習慣になったんだと思う。

寝室から出てきたおとうさんが座りながら言った。

「そういえばマネージャーさんからメール来てたよ」

マネージャーさんとは、音楽レーベルのマネージャーさんで、私、「Ｙｏｒｕ」を担当してくれている人だ。

ちなみに、私じゃ大人とのやりとりはちょっとむずかしくて、おとうさんがやりとりを代行してくれてる。

「あらあら、どんな内容だったの？」

おかあさんはみそ汁を置きながら、おとうさんに聞いた。

朝はパンがいいって私の希望は、一生叶《かな》わない気がしてきた。

するとおとうさんはみそ汁をすすってから、何気なく言った。

「まだ中身を見れていないんだけど、件名は『テレビ出演に関して』って書いてあった」

テレビ出演⁉　って私の憂鬱が吹き飛んだと同時、おかあさんは鬼のような顔をして、

「私は反対ですよ！」

って、まだ内容も聞いていないのに、

「絶対反対だからね、サヤ！」

って、ガチギレしていた。

おとうさんもしまったって顔をしかめている。そうだよ完全に地雷《じらい》踏んでるよ。

「まだどんな内容かも読んでないからな」っておとうさん。

「十中八九、テレビ出演の依頼じゃない。ダメだからね」っておかあさん。

「頭ごなしに否定されてもなあ……」

「何が頭ごなしですか！」

おとうさんはなんとかおかあさんをなだめようとしてくれているけど、どうもおかあさんは聞く耳を持ってくれない。

みそ汁をすする私の頭の上を弾丸のようなふたりの言い争いが行き来した。「ボー」って窓の外から船の音がしたけど、私以外はその音を聞いていなかったような気がした。

今日は朝から憂鬱だ。

そんなことを想った。


夫婦のいざこざっていうか、完全に私のことなんだけど、私が口を挟むとヒートアップしそうだったから、みそ汁だけ飲んで、外に出た。

海沿いの十三階建てマンションのエレベーターエントランス。

また、「ボー」って聞こえた。

エレベーター横の隙間《すきま》から関門海峡が見えて、海が静かにたゆたっていることがわかる。

大きなタンカーが海峡を横切っていて、「ボー」って汽笛を鳴らした。

エレベーターを待っている間に、おとうさんが出てきた。

「おっ、間に合ったか」

「おかあさん、どんな感じ？」

「ありゃなかなか難敵だな」

うざ～って言うと、おとうさんは笑っていた。

「まあまあそう言うなよ。サヤのことを考えて怒っているんだから」

「そうなの？　ふつうに……束縛しすぎじゃない？　音楽やるのも反対してさ」

チン、とエレベーターがやってきて、ふたりで乗り込んだ。

「音楽に関しては、ママも応援してるぞ」

と、おとうさん。

「じゃあ、なんで昔……」

サヤの歌は聴かないって言ったのさ。

そう聞きかけた。

おとうさんは、

「ん？」

と、小首を傾げている。

いや……と、私は言葉を区切って、

「じゃあなんであんなに言ってくるのさ」

「高校生のうちから顔を出したり、個人情報をさらしたりすることはしてほしくないんじゃないかな。それはパパもいっしょ」

「私だって自分で気をつけられるし」

「まあまあ。いつまでたっても、サヤが大事なんだよ。ママは」

そう言われたとて、到底納得がいかなかった。頰をずっと膨らませていた。

「なんだよ、ふぐみたいな顔して」

「してないし」

「それより、今日は定時で帰れるから、門司港のいつもの、食べにくるかい？」

おとうさんがそんな悪魔的なささやきをしてくるので、「行く」と言ってしまっていた。

☽

「ねえ、放課後さ、図書室で勉強しようよ」

お昼休み、陽菜とお弁当を食べていると、そんなことを言われた。

「日曜日にさ、またマックでみんなと集まったんだけどさ、わかんないところが多くてさ、こりゃ沙夜先生がいないとダメじゃない？　って話になったの」

何を隠そう私は勉強ができる。

自慢したいわけじゃないけど、県内でも有名な進学校で百五十人中三十番と、まあまあ上位にいる。中学のときは一時期勉強のやる気がなくなって成績がガタ落ちしたけど、東京《とうきょう》で音楽活動をしたい、って思った日から私は勉強するようになってしまった。なんだか勉強できない方がロック！　って感じだけど、現実問題、うちの親、とくにおかあさんはＭＡＲＣＨ以上の大学じゃないと上京は認めてくれないだろうし、って思う。

「なんだよそれ～」

そう、笑いながら答えたけど、別に頼られてわるい気はしない。むしろだれかに求められてうれしいとすら感じる。

陽菜は両手を合わせて、「お願い！」って言った。

「どこがわからなかったの？」

聞くと、陽菜は教科書を広げた。

「んと、ここがね」

「なるほど。たぶん試験に出るね」

そんなことを話していると、クラスのほかの子も、

「いやいや、いいんだって。私の試験勉強になるし」と、早口になる私。

箸をくわえてきょとんとした陽菜。

「いやそこまでしなくても」

「私のノート汚いから、まとめ直すよ」

いい出した。あれを見られたら……まずいわけで！

いいよって言いかけて私は止まった。この前、ノートに歌詞を書いてしまっていたことを思

「あ、いい……」

「もう、沙夜のノートとか写させてもらった方がいいのかな」

りする。

そういうのを見ていると、なんとなく試験の内容がわかってくるのだ。もうこれ、特技だった

いている。むしろ日頃それしかしてない。だから、先生が力を入れて説明しているところとか、

私は、帰宅後はずっと曲作りとかしているから、というよりしたいから、授業は超真剣に聞

きっとバレーで疲れているんだろう。

そう言うと、「私、寝てたし」って笑顔で陽菜は言った。

「授業で先生言ってたじゃん」

「なんでわかるの？」

「私も放課後、図書館の勉強会行っていい？」

って、聞かれた。

「いいよ～」

そう言うと、「やった」って、うれしそうにしてくれた。

結局、こうやってだれかによろこんでもらえることが、すごくうれしいことだったりする。


その日の体育の授業はマラソンだった。

ただひたすら走らされた。

突き抜けるような青い空。こういうのを秋晴れというのだろうか。そんな空の下、グランドをぐるぐるぐるぐるぐるぐるぐる……何周も走らされた。

「もう、沙夜、何周遅れ？」

バレー部で体力のありあまっている陽菜に笑われながら抜かされていく。

「あ、ひぃ、さき、行って」

言っておくけど私には体力がない。誤解されがちだけど走る能力と歌う能力は比例しないと私は思っている。歌うときの肺活量があったからって、走る体力は皆無《かいむ》……なんてよくある話だ。実例は私。

まあ、けど、やっぱり、単純に走るの苦手だ……。

私はトラックを一周しただけでぜえぜえになってしまっていた。

自分のことを俯瞰《ふかん》したらまるでゾンビの徘徊《はいかい》だろうと思う。足が重くて、引きずるように走っている。なんだこの苦行は……そんなことを考えてしまう。

そのときだった。

足がもつれて、どんと倒れてしまった。

「沙夜、大丈夫？」

私を抜かしてもう一周走ってきた陽菜がすぐ来てくれた。ありがとう、マイベストフレンド。

「大丈夫、大丈夫、ダサいね、こけて……はは」

そう言って立ち上がろうと腕に力を入れても、なんだか力が入りきらなかった。

なんだろう。これ。

「肩、貸そうか？」

「いい？　ごめん」

陽菜が肩を貸してくれて、倒れて砂だらけになった体を別のクラスメイトが払ってくれた。

「ごめん。もしかすると今日の勉強会、無理かも」

「そんなの気にしないでよ」と陽菜。

「明日にでもノートにまとめて渡すから」

もしかすると早退することも考えて、私は陽菜にそんなことを言っていた。

「だから気にしないで。それより、どこか痛くない？」

「大丈夫」

陽菜はずっとやさしかった。

そのまま保健室に行くと、「軽い熱中症かねえ？」と言われた。

保健室の、山口弁のきついおばあちゃん先生は、「けどねえ〜」と続けた。

「十一月やけんね。今日、特別日差しが強いわけやないし、熱中症も変ね。ちゃんと、病院行きいね」

「え〜、私、病院きらい」

「そんなこと言わんっちゃ」

先生は、わっはっはは〜、と笑っていた。

実際、体調はよくなくて、貧血？　みたいな感じで、先生の笑い声がずきんずきんと頭に響いた。保健室のベッドで一時間ほど横になったら、歩けるくらいに復活したけど、まだ本調子ってわけでもなかったから、結局その日は早退した。


学校でそんなことがあったからか、家に帰るなり、

「ちょっとサヤ、朝のことだけど」

早退の理由も聞かず、そんなことを言い出したおかあさんのテンションについていけなかっ

た。日中はリビングの電気が消えていて、窓から差し込む光が、暗いところと明るいところを作っている。おかあさんはキッチンで料理をしていたけど、すぐ手を洗って私のところに来た。

「ちょっと今、体調悪い」

「そんなこと言って、すぐ部屋に行かないで」

「テレビ出演のことでしょ？　ちょっと、本当に体調悪いから」

「おかあさん、反対ですからね」

「チャンスなんだからやらせてよ……」

「チャンスって……サヤはいったい何を目指しているの」

「何って……」

何を目指しているか。

そんなこと急に聞かれて、ぱっと答えられる人っているんだろうか。

言葉を詰まらせた私におかあさんは追い打ちをかけてくる。

「有名になりたいとか、ちやほやされたいだけならやめなさい」

「は？　違うし」

「どう違うのよ」

無言でじっと私の目を見てくるおかあさん。瞳《ひとみ》の奥までのぞかれているようだった。

「……もっと、私の曲を届けたいんだよ……」

苦し紛れに顔をそらすと、おかあさんは首を傾げて、眉根《まゆね》を寄せて、私の顔を見てきた。

「もう十分、伝わっているんじゃない？」

「まだまだ不十分だよ。有名な人はもっと数字が多いもん」

「数字って？」

「フォロワーの数とか、同接の数とか。桁《けた》が違うんだもん」

「その数字ってそんなに大事なの？」

やばい、おかあさんが詰めてくる。

そう思ったらもう止まらなかった。

「もう！　うざいなあ！」

私が大声を上げると、おかあさんは一歩下がった。

「うざいってなによ」

「もううるさいよ。テレビだよ？　出ませんか？　って言われているんだよ？　一生に一度になるかもしれないじゃん」

「一生の一度の過ちになるかもね」

ああ、ダメだ。

もうわかり合えないんだ、この人と。

ああ言ったらこう言うを繰り返されて、自分の納得する方向に物事が進まないと嫌なんだ。

そう思ったら終わりで、もう話したくもなかった。

おかあさんの横をすり抜けて自分の部屋に行く。

「どこ行くの！」

「勉強だよ！」

ちょうど陽菜たち用にノートをまとめ直さないといけないし、いいよ、おかあさんのいいようにしてやるよ。

思ってもいないことを私が口にしたからなのか。

おかあさんは「そっ」って言って、きょとんとしていた。

☽

それから五時ぐらいまで部屋にこもってノートをまとめ直して外に出た。

「どこ行くの？」っておかあさんに聞かれたけど、「散歩」って答えた。

「体調は大丈夫？」って聞き返されたけど、「だいぶよくなった」って答えた。

逃げるように家から出た。なんだか家にいると息がつまりそうだった。

船着き場まで歩いていって、それから券を買って栈橋《さんばし》に向かった。

栈橋の先頭には小さな赤い鯉《こい》のぼりが付けられていて、私の怒りに合わせてか、ずっと真横に強く泳いでいた。

栈橋に立つと海の匂いがした。船を待つところには数人が並んでいて、ほとんどがこのあたりにある私立の制服を着た人だった。公立校の人は県を跨《また》いで学校に行こうなんて少ないから、私立の人が多くなるんだと思う。

並んでいると、ひとつ前に並んでいた茶髪の子が学生証を落としていて、

「落としましたよ」

って言うと、

「あ、ごめんなさい」

ってぺこりとしてくれた。なんだか活発な少女って感じのかわいい人だった。

やっぱりこの学校の制服かわいいなあ……なんて考えていたら、私の心情に合わせてか、栈橋先頭の赤い鯉のぼりの泳ぎっぷりも、なんだか落ち着いてきた気がする。

ありがとう。名も知らぬ活発少女さん。

ボボボと船が着て、乗船の準備が整う。

どうぞー！　って大きな声がして、ぞろぞろと乗り込んでいく。

おっこれは、と思って私は船の上のデッキ席に乗ることにした。風も強いし、しぶきも上がるから、船をよく使う人はわざわざ上にはのぼらない。

とくに十一月ってそこそこ寒いから、本当の物好きか観光客ぐらいしか上らないのだ。

私はだれも上に行かないことを確認して、ひとりデッキ席に向かった。

そう、私は物好きなのだ。

船が動いた。ボボボ、とエンジンの音が大きくなった。

Uターンして、船首を門司港に向けて、流れの強い関門海峡を横切っていく。

パパ……じゃなかった、おとうさんが働く門司港という街に、私の好きなプリンは売られてる。

時々、おとうさんが定時に帰れるときは、そのプリンを奢《おご》ってもらう。今朝《けさ》、「来るかい？」って言われて、「行く」と答えたのはこのことだった。

おとうさんは門司港湾で貿易の仕事をしていて、出身も門司港の人だった。

船はざぶんざぶんと跳ねるように進んでいく。

まだ十一月だっていうのに、風がめちゃめちゃ強くて、服の隙間から入ってくる風が冷たい。超寒くて、これ、真冬になったらどうなるの？　って思った。

五時すぎなのに、あたりは暗くなっている。

左手に関門橋が見える。正面には門司港の赤煉瓦の建物が見える。高いビルも見える。建物は少しずつ灯《あか》りを点している。

景色が私の琴線《きんせん》に触れたのか、いいなあ、ってつぶやいていた。

「青に染まった夜のはし、夜のはしには♪」

ちょっとだけ歌う。だれもいないから気兼《きが》ねなかった。

暗くなっている東側の向こうには何があるんだろう。そんなことを考える。きっと新しい朝が始まっている街もあるのかな。漂白されたような真っ白い朝に、ん〜、って背伸びしながら、あわわわ、ってあくびをしてる人がいるのかな。

そういう人にまで私の曲が届くといいな。

そんなことを考えながら、船は私を門司港まで連れて行ってくれた。


門司港の船着き場に着くと、おとうさんが私を待ってくれていた。

「売り切れてないかな」

私が不安そうに言うと、

「ひとつぐらい残ってるだろ」

っておとうさんはのんきだった。

私たちは門司港の街を早歩きで向かった。

船着き場からすぐの路面店に例のぶつは売ってる。

門司港プリンっていって、瓶詰《びんづ》めされた昔懐かしい硬めのプリンがある。

私はそのプリンが大好きなのだ。

昨日食べた喫茶店の焼きプリンと好き度一、二を争っている。

路面店に着くと、「ひとつください」とおとうさんは言った。

「おとうさんは食べないの？」

「おとうさんは今日もいいかな」

おとうさんはあまいものがそこまで好きじゃないから、いつも私だけ食べさせてくれる。

プリンを買って、路面店前にあるベンチに座る。

瓶詰めされたプリンは宝石かと思う。

宝石箱や～、と私はつぶやきながら瓶の蓋《ふた》を取って、プリンをパクり。

「ん～！」

この濃さがたまらない。しっかりと卵と生クリームの味がする。

「このプリン、カラメルが苦めだからおとうさんでも食べれるよ」

本当においしい！

ぜひおとうさんにも食べてもらいたいぐらいだ。

そんなことを考えていたら、

「大丈夫大丈夫。それに今食べると夜ごはんが入らないかもしれないから」

っておとうさんは言った。

夜ごはん——その言葉で思い出してしまった。ずんと気持ちが落ちる。

「そういえばおかあさん、家でめちゃめちゃ荒れてたよ。なんでいつもあそこまで怒ってくるのかなあ」

「サヤが大切なんだよ」

「大切なら、よかったね、がんばってね、くらい言ってくれてもいいのにね」

その言葉でふと思う。

そうか。私は、おかあさんにそんなことを言ってもらいたかったのか。

ん？　言ってもらいたかったのか？

ちょっと自信がないけど、とりあえず、こんなに束縛しないでほしいとは思うわけで。

「そういえば、やっぱりテレビ局からの出演オファーだって」

「え〜！　やっぱり？　めっちゃ出たいな」

「しかも、地上波、ゴールデンタイムにある歌謡祭のゲストで、まあ二曲メドレーだけの収録出演だけど、結構いい番組だったぞ」

「じゃあなおさら出なきゃじゃん」

あ〜、おかあさん、どう説得しよう。

そんなことをつぶやくと、

「まあ、おとうさんにも作戦があるから、いっしょに説得しようか」

って言ってくれた。

こうやって理解していっしょになってくれるおとうさんは頼もしい。

「ありがと」

そう言って、「もう一個食べていい？」って空瓶をおとうさんに見せながら聞く。

おとうさんは笑いながら言った。

「夜ごはんもしっかり食べろよ」

わかったって私も笑うと、もう一個プリンを買ってくれた。

☽

その夜、おかあさんを説得したけどダメだった。

おとうさんが番組名を出した瞬間ヒートアップして、「そんな大きな番組に出てどうするんですか！」の一点張りで、聞く耳を持たなかった。

おとうさんの「作戦」とやらを発動する前に話し合いにならなかったのだ。

というわけで。

私は憂《う》さ晴らしも兼ねて生配信をしている。

私の曲を歌って、椎名林檎《しいなりんご》さんの強めの曲を歌って、やっぱり歌うって気持ちいいなって思って、雑談タイムをしていた。

「えーっと、リクエストとか、質問とかありますか〜？　あ、個人情報的なことは答えられませんよ～」

スマホ画面の右下からハートマークが湧き出るように上っていって、『上手に歌う秘訣《ひけつ》とか教えてください～♥』ってコメントが流れてくる。

「歌う秘訣は、おなかから声を出します、って当たり前か、あははは」

私が当たり前のことを言ったのに、ファンの人は『かわいい♥』とか『答えが百点♥』とか言ってくれるので自己肯定感が上がりっぱなしになる。

そのときだった。

『真面目《まじめ》な相談してもいいですか～？』

って、コメントが来た。私も名前を覚えている最古参の方だった。

「もちろんいいですよ～」

って、私は応《こた》える。

『抽象的な質問なんですけど、親がわかってくれないときとか、どうすればいいですか？』

って、これまた本当にガチめな質問がきた。

私は、「ん～」って悩んで、

「やっぱり、わかってくれるまで話すしかないと思います！」

そう言った。

自分が全然できていないことを棚に上げて、自信満々に言った。

すると、『お～！』とか、『すげえ！』とか、『かっこいい』とか、コメントが次々と上がる。

スマホ画面の右下からハートマークがずっと湧き上がっていた。

最古参の人も、『ありがとうございます！　勇気をもらいました！』ってコメントをくれた。

胸がチクってした。

けど……私もそうしないとなって、逆に勇気をもらったのは、私の方だった。

「じゃあもう二、三曲歌おうかな。リクエストありますか？」

視聴者みんなに聞くと、

「え。美空《みそら》ひばりさん？　なんで急に」

想像もしていなかった選曲に、笑いながらも覚えているフレーズを少しだけ歌った。

やっぱり、声を前に伸ばしながら歌うと、心まで伸びやかになる。

☽

次の日、おかあさんは夕食を作りたくないとかで、みんなでファミレスに来ていた。

近所のリゾートホテル裏の、いつものファミレス。リゾートホテルができる前は関門海峡が一望できたらしいけど、今ではリゾートホテルの裏しか見えない。

店内は空いていた。

おかあさんはむすっとしていて、注文が届くまで家族で無言の時間が続いた。

重た〜い空気だった。

そのとき、楽しげな音楽とともに配膳ロボットがやってきて、「ご注文のお料理を持ってきましたニャン♪」ってかわいい音声が鳴った。じゅうじゅうとお肉が焼ける音と、ハンバーグの匂いが漂ってきた。

「はい、サヤはチーズインハンバーグな」

と、気を遣ったおとうさんがロボットから料理を受け取ってくれた。

チーズインハンバーグって好きだ。とろっとチーズが流れるところが好き。……なんだけど、対面に座るおかあさんはむすっとしていて、正直喉を通らなかった。

ドリンクバーに行って、ジンジャエールを入れてテーブルに戻ったら、

「もう、ごはん中、ジュース飲まない」

って、おかあさんは不機嫌そうに言ってきた。

「私ね、おかあさん」

私は、昨日の配信でもらった勇気を振り絞った。

「やっぱりテレビに出たいの。これで停滞したＹｏｒｕの活動も、一気に伸びていくんじゃないかって考えてるの」

牡蠣《かき》フライ御膳を食べていたおかあさんは箸《はし》を置いた。

「ママはね。別にサヤが有名になってほしいわけじゃない。ふつうの学生生活を送ってほしいだけ」

「その『ふつう』って何？」

「学校に行って勉強して、大学に行ってどこかに就職できるだけで十分」

ママはそんなことを言う。

「そんなの……全然楽しくないじゃん」

「楽しいってなんなの」

って、ママの怒りのボルテージがまた上がりそうになっていた。

そのときだった。

私もついカッとなって、

「もう、ママ、私のこと全然わかってくれないじゃん」

つい、ママって言ってしまった。そして、ついぽろっと本音を言ってしまった。

おかあさんは私の言葉に、目を見開いて……あきらかにショックを受けているように見えた。

どうしよう。

フォローした方がいいのかな。

いやわるいのはおかあさんだし。

そんなことをぐるぐる考えていたときだった。

「まあまあ」

と、おとうさんが仲裁に入ってくれた。

「顔は出さないってマネージャーさんと約束できそうだし、収録は東京なんだけど、収録日の前には……、ほら見ろよ」

そう言って、スマホを出してくれる。

「サヤが行きたいって言っていた大学のオープンキャンパスがあるんだ」

「あ、おとうさん、私このオープンキャンパス、ちょっと行きたいかも」

オープンキャンパスですかあ……と、おかあさんはつぶやいた。

「ね、おかあさん。ちゃんと勉強もするし、大学も行く。顔や背格好が出ないように注意もするから、東京に行かせて、ね?」

そう言うと、迷っているおかあさんに、

「どうかやらせてあげてくれないか」

って、おとうさんが最後のひと押しをしてくれた。

おかあさんはしぶしぶ、

「わかった」

って、ようやくだ。

ようやく、了解をくれた。

「私がついていこうか？」

って、おかあさんが言ったので、私は深く考えもせずに、

「いや、おとうさんがいい」

って、言っていた。

するとおかあさんの顔はみるみる不機嫌になっていく。

しまった……無意識とはいえ、言い方を間違った気がする。

軽く後悔していると、おとうさんがフォローしてくれた。

「マネージャーさんとのやりとりはずっと僕がしていたから、今回は僕の方がいいんじゃないか？」

「心配事はない？」とおかあさん。

「大丈夫。任せなさい」とおとうさん。

少し間が空いて、

「おとうさん、ちゃんと気をつけさせてよ」

って、おとうさんに釘《くぎ》を刺して、おかあさんは少し笑った。

よかった～、って思うとようやくおなかが空いてきたのか、チーズインハンバーグが妙においしく感じてくる。

「私ね、おかあさん」

「なに？」

「『有名になりたいだけかとか、ちやほやされたいだけか』って言われたじゃん」

「うん」

「やっぱり、自分の歌で、救われたとか、元気出た〜とか言われたらうれしいんだよ」

って、言った。

言って、こっぱずかしいことを言っていることは自覚した。

けど、夢をちゃんと言っておかないと、一生理解してもらえないって思った。

おかあさんは牡蠣フライにタルタルを乗せながら、

「そう」

って、短く言った。

そう、の後の言葉を待つ。

……けど、そのひと言以外、言葉は返ってこなかった。

別に、応援するとかまで言ってほしかったわけじゃない。

じゃないけど……ちょっと、さみしかった。

おとうさんがめちゃめちゃ慌てた感じになって、

「デザートに、プリン！　プリン食べるか？」

そう……言ってくれたけど、「いらない」って答えた。

2．おかあさんからのLINE

勉強しなさいとか、家事を手伝いなさいとか、
自分の趣味で洋服を選んでくるところとか、
ママの嫌いなところはたくさんあるけど。
おいしい料理を作ってくれるところとか、
なんだかんだ応援してくれるところとか、
そういうところがママの大好きなところです。

☽

大学のオープンキャンパスに参加するのは初めてだった。

そもそも高校一年から大学見学って、どれだけ意識高いんだよって思うけど、おかあさんは、こういうイベントに被《かぶ》せないと納得してくれないだろうし、そう考えると、やっぱり、仕方なかったと思う。

それよりおとうさんは月曜日に休みまで取って私に付き添ってくれることになった。専業主婦のおかあさんと行くべきかなとか思うけど、正直、おかあさんとウマが合わないから……これも仕方なかったと思う。

帰ったら肩たたき券でもおとうさんへ献上しようかな、なんて考えた。

朝いち、七時の電車に乗って、下関《しものせき》から小倉《こくら》で乗り換えて、新幹線で東京《とうきょう》へ。到着する頃にはお昼の十二時になっていた。二泊三日分のトランクケースと、月曜日の収録に備《そな》えてギターを抱えて移動した。

新幹線の中で見た新横浜《しんよこはま》駅からの景色は、まさに都会って感じがした。ちょうど新幹線も低速運転になって、都会の景色をお楽しみくださいってアナウンスでもされてる気分だった。

住宅とかビルとかひしめき合っていて、ちょっとの隙間《すきま》も作らないよう、ブロックを合わせたような街だと思った。

東京駅から乗り換えて大学の最寄《もよ》り駅へ。東京駅の人混みはすごくて、関門《かんもん》花火大会ぐらい人がいた。みんなつねに早歩きで、東京だけ時間の進み方が違うのかと思った。

「すごい！　さすが大都会！」

って言うと、

「サヤ、ちょっと声のボリュームを下げようか」

恥ずかしそうなおとうさんからつっこみが入った。

「私、大学生になったらこんなところに住むんだ！」

って、東京駅で大興奮して、大学の最寄り駅に着いた瞬間だった。

「え。ここ東京?・」

って漏《も》れた。

「結構、小倉に似てるね」

そう、おとうさんに言うと、

「ここは住宅街だからなあ」

って、笑っていた。

いや、小倉はモノレールが走っている分、小倉の方が都会かもしれない。

田舎《いなか》ってわけじゃないけど、思っていたのと違う。

東京から一時間移動すると、こんな感じになるんだ。

ビルはたくさん建っているけど、大きなデパートがあるくらいで、ほかになにもないように思える。駅前には木がたくさん植わっている。バス停にはたくさん人がいる。都会かと問われると、都会には思えない。ベッドタウンっていうやつなのかな。

大都会に憧《あこが》れて東京に来て、ここで暮らすとなると……肩透かしを食った気分になる。

私がキョロキョロしていると、

「バスが出るぞ〜」

と、おとうさんが言った。

大学まではバスらしい。

バスに揺られること十分くらいして、大学の正門に着いた。そのままバスは大学構内まで進んでくれるようだった。

桜並木が紅葉していて、赤色のアーチをくぐるようにバスは進んでいく。

きっと春はピンクに、夏は緑色に色づいて、そして冬は落ち葉の絨毯《じゅうたん》を進むんだろうな。

東京って、流行の最先端って感じがして、こう、せかせかしてるイメージがあった。そんな街で暮らしていく中で、ゆっくりと移ろう四季っていうか、こんな景色を毎日見られたら……それはそれでアリな気もしてくる。

さっきはディスってごめんなさい、ってちょっと思った。

バスを降りると、色づいた桜の木々の奥に十字架が見えた。

オープンキャンパスの受付をして、案内図を受け取る。

どの建物も大きかった。

高校の校舎ぐらいの建物が、あちこちにドン、ドン、ドンと建っている。大学ってこんなに広いんだと思いながら、講義室とか見学して、こんな授業をしてますとか、お昼ごはんは学食で食べる人が多いですとか、いろいろ教えてもらった。

「広いね～」

おとうさんに言うと、

「パパが行った大学も広かったぞ」

「大学ってどこもこんななの？」

「いや、東京でここまで緑が多くて広い場所って、なかなかないんじゃないかな」

おとうさんもめずらしそうにキョロキョロしていた。

緑の多い場所だった。十一月の寒い風がびゅんと吹いた。下関と違って湿気のないからっとした風だった。潮《しお》の匂《にお》いもしなくて、森の匂いがした。

学生寮の見学もした。

男子寮は見なかったけど、女子寮は結構きれいだった。

サークル紹介では軽音部を見に行った。

大学のきれいな建物に、なんと地下室があるようで、そこでみんな練習しているようだった。その地下室で、すご～、って私が感心していると、

「君、ボーカル志望？」

って、おねえさん大学生に聞かれた。

「あ、あの、いえ」

急に話を振られ、キョドる私。となりでおとうさんが笑っていた。

「わ、私はアコギをするので、この際、エレキを覚えるものいいかなーって思っています」

「あ、それアコギなんだ」

背負ったギターケースを指さされる。

「あ、はい」

「ふーん」

おねえさんは、

「弾いてみる？」

ってて、アンプにつなげるタイプのアコギか、自分のアコギ、どっちか弾いてみてもいいよって提案してくれた。

「ここの防音とか、音の響きとか、体験してもらった方が興味湧《わ》くだろうし」

と、おねえさん。

「え。え。いいんですか？」

「もちろん」っておねえさん。

おとうさんを見ると、こくりとうなずいていた。

私は地下室にあったアンプにつなげるタイプのアコギを手に取ってみた。

弦を指ではじくとアンプから拡張されたギターの音色がした。

「おお～」

音を鳴らして、私は唸《うな》っていた。

地下室は音の反響がよくて、気持ちよく弾けた。

調子に乗ってジャンジャカジャンジャンジャカかき鳴らした。

「うまーい」

と、おねえさんは手を叩《たた》いてくれた。

「ありがとうございます」

と、へこへこしてしまう私。

こうやって大学でサークルに入るのもいいなって思った。


大学から帰り道、バスに乗り込んだとき、となりに座ったおとうさんに聞かれた。

「サヤって、ボーカルじゃないんだ」

「ボーカルだと、すぐバレちゃうじゃん」

そう笑うと、おとうさんも笑っていた。

「それに、ギターして、サブボーカルぐらいでハモりを歌って、なんかあのギターうまくない？　声よくない？　ぐらいで騒がれた方がかっこよくない？」

んで、大学時代はおもいっきりギターを楽しみながら、Ｙｏｒｕ《ヨル》も続けるの。

そんなことを言うと、おとうさんは、

「すごい野望じゃん」

応援する、って言ってくれた。

「軽音部が有名な大学ってないのかなあ」

そんなことを考えると、自分の進路というものを真剣に考えたことがなかった。

高校一年で当たり前かもしれないけど、漠然と、東京の大学に行って、音楽活動ができればと思っていた。

バンドをやって、こっそりＹｏｒｕをやって、いつかはバンドメンバーにバレて「お前、Ｙｏｒｕだったのかよ～」って驚かれたりして。そんな想像をすると楽しくなってくる。

バスの中で東京の大学を検索する。

「東大は……さすがに入学できないから……」

ふむふむと、調べていくと、軽音部が有名な私立大学が二校ほど出てきた。

「来年の夏さ」

おとうさんにお願いしてみた。

「このオープンキャンパスに来たいんだよね」

調べると、八月の土日にいい感じに二校回れそうだった。

おとうさんはにこっとして、

「いいぞ」

って言ってくれた。

ありがと、って言うと、「夜ごはん、何食べような」って、自分のスマホに目を落としていた。

☽

「は〜、もうおなかいっぱい！」

夜ごはんを食べた後、渋谷のビジネスホテルに到着するなり、私は窓側のベッドにダイブした。

「私、こっちね」

「はは、パパはどっちでもいいぞ」

狭い部屋にベッドがふたつ隙間を空けて並んでいる。さすが渋谷だ。土地が狭い分、部屋も狭い。全体的に茶色で、シックな部屋だった。

窓側から渋谷の街を見ると、昼間のように明るかった。いったいいつになったら夜が来るんだろうって思う。私たちがホテルに入るときだって、私と同い年ぐらいの人が外を出歩いていた。夜八時に出歩いて怒られないって……さすが東京だ。自由な感じがする。

「このホテル、大浴場がついてるみたいだな。パパ行ってくるけど、サヤはどうする？」

「私はまだいいや〜」

って言って、ひらめいた。

それよりさ！　って、おとうさんに言う。

「私、東京にいます〜って配信したいから、おとうさん一時間ぐらいゆっくりしてきていいよ」

おとうさんはびっくりして、そして笑った。

「じゃあ外を軽く散策してから入ろうかな。それよりも！　渋谷に泊まってます〜とか、ましてホテルの名前とか言っちゃダメだぞ」

「わかってるって」

そう言うと、私を信用してくれているような顔をして、

「ごゆっくり。一応、配信が終わっていること確認してから帰ってくるから」

そう、パパは言って、部屋から出てくれた。

「ありがと」

おとうさんが出ていったドアに向かってつぶやいた。

おとうさんがいなくなった部屋はしんとしていた。

私はスマホを立てかけて、いつもの配信準備をする。告知なしのゲリラＬＩＶＥだ。

「こんにちは〜って、こんばんは〜か」

告知なしだったから、同接は十くらいしかいない。

ただゆっくりと増えていく。

「今日は東京に旅行に来ていて、ホテルに入ったのでＬＩＶＥしてみました。雑談中心になると思いますけど、お付き合いいただけると」

すると、すぐにファンのコメントから、『ディズニーですか？』って来た。

「ディズニーじゃないです。ふつうに観光してました」

コメントに、『楽しかったですか？』って書かれた。

「楽しかったです！　シュラスコって言うんですかね。ブラジルの、お肉たくさんの、でっかな串焼きを食べました！」

コメントに、『かぶりつくＹｏｒｕちゃん、わんぱくそう（笑）』って書かれた。

「いやいやかぶりつかない、かぶりつかないから。あはは」

やっぱり配信って楽しいな～って思いながら私はファンの人たちと話していく。

窓の外の渋谷はまだまだ明かりが消えることはなくて、ちょっとだけそわそわしてしまった。

☽

昨日の土曜日はオープンキャンパスで、テレビ局との打ち合わせや撮影は明日の月曜日の予定だった。だから本日、日曜日の予定はまったくのフリーだった。

「よっしゃ！　一日、渋谷で買い物するぞ！」

渋谷は都会だった。コンクリートジャングルって感じで、排気《はいき》ガスと食べ物の匂いなのか、なんだか嗅《か》ぎ慣れない匂いがした。とりあえずスクランブル交差点がどんなものなのか見に行った。見上げると首が疲れるくらいビルが建ち並んでいた。

「あんまり無駄遣いするなよ～」

私が渋谷の街でガッツポーズをすると、おとうさんは少し引いていた。

渋谷の朝は少ししんとしていた。そして少し匂う気もした。なんだか、どんちゃんさわぎの翌朝って感じがした。

「おお！　これが渋谷のおしゃれスポットか！　おとうさん、入ってみようか」

「サヤ、声が大きいよ……」

イエローストリートと呼ばれる渋谷のメイン通りから少し外れたゆるやかな坂になっているエリアに行った。洋服や雑貨のセレクトショップがたくさんあるエリアってネットに書いてあった。

中学校までは洋服はおかあさんが買ってきてた。それが嫌になって、高校からは自分で買うようになった。ただ、ちっとも洋服の良し悪しがわからなかった。

だから、とりあえず女の子っぽいやつで、色は目立たないように白黒の洋服をよく着るようになった。

おとうさんはにこにこしながらついてきてくれた。

「こんなのはどうかな？」

「いいんじゃないかな」

「こんなのは？」

「いいんじゃないか」

「うーん。どう思う？」

「いいんじゃない？」

私が洋服を体に合わせて見せてみると、こんな感じの反応だった。

「もう、ぜんぶ同じ反応じゃん」

「はは。パパだって女の子の洋服はわからないよ」

私としても、ピンと来てるのか、来てないのか、いまいちわからない。

「ちょっと試着していい？」

「もちろん」

おとうさんは私の試着に付き合ってくれた。

まずはTシャツスタイルを試してみた。

おっきめなTシャツをズボンにインしてみる。

「どうかな」

「似合っているんじゃないかな」

「おとうさん、そればっかりじゃん」

少し怒ってみると、おとうさんは、「じゃ、じゃあ次はがんばるから」って慌てて、ちょっとおもしろかった。

次はワンピーススタイル。

清楚《せいそ》そうな形のきれいなワンピースを選んでみた。おかあさんが選びそうなやつだなって着替えながら思った。

「どうかな」

「パパはいいと思うぞ。生地感と、形がいいな」

あごに手を置いて真面目《まじめ》に答えるおとうさん。

「ありがとう。もうちょっといい？」

「気が済むままに」

「ありがと」

待たせて申し訳ないなって思ったけど、おとうさんがそう言ってくれるので気兼ねなく試着を楽しむことにした。

次はおねえさんスタイルだ。

ショルダーカットといって、肩のところに穴の空いたドレスっぽい服を着てみた。

「どうかな」

「お～、おねえさんっぽいな」

「これはちょっと攻めすぎかな？」

「まあ、どうかな。似合ってはいるけど、下関では浮くかもな」

「えー。これ結構流行《はや》ってるんだよ」

「否定してほしいのか、賛同してほしいのかどっちなんだよ」

おとうさんは笑っている。

「下関をディスるからだよ」

そう言うと、わっははって、おとうさんは笑っていた。

次はかわいい系のスタイルだ。

ロングスカートにカーディガンを合わせてみる。

「どうかな」

「ふつうに似合ってるぞ」

「まあ、こんな感じの洋服は結構持ってるんだよね」

「いつものサヤって感じだな。グリーンとか色の入ったカーディガンとか着てみたら？」

「それはちょっと恥ずかしい」

「そういうもんか～」

女心の感覚がわからんな～っておとうさんは唸っていた。

最後は地雷系スタイルに挑戦してみた。

フリルとかリボンがたくさんついて、ウエストが絞られたワンピースを着てみた。

「どうかな」

「さ、最近はこういうのが流行っているのか？」

あきらかにおとうさんの反応が違って、私の方が大笑いしてしまった。

「ごめんごめん。着てみただけ」

「気に入ったものはあったかい？」

「うーん。パンツスタイルと、ワンピースと、あとロングスカートもよかったな」

「じゃあ、パパが買ってあげよう」

「いいの？　ここ、結構高いよ」

「大丈夫。任せなさい」

おとうさんは大量に服を買ってくれて、そして荷物持ちまでしてくれた。両手に紙袋を持って、「ちょっと喫茶店で休もうか」って言う。私が持とうか？　って言うと、いいよっておとうさんは譲らなかった。

もしおかあさんと買い物をしても、遠慮したり、これが好きなんだろうなとか考えてしまったりしたんだろうけど、おとうさんとなら気兼ねなく買い物できた。

いつからこんなにおかあさんとウマが合わなくなったんだろうって考えてみた。

考えてみたけどわからなかった。

そんなときだ。

『夜のはし、夜のはしには～♪』

私の曲が渋谷の大きな街頭ビジョンに映《うつ》し出された。

「ほえ〜！」

つい見上げてしまって、アホっぽい声が出た。

そっか。東京って……こんな大きな街頭ビジョンがあるんだ。

ふと、

「おかあさんにも、見てもらいたかったな」

小さく、そんな言葉が漏れた。

「サヤ、人気者だな」

「ちょっと、やめてよ」

茶化してくるおとうさんに向かって頬《ほお》を膨らます。

けど……。

「こうやって、東京の人にも覚えてもらえるんだよね」

そんなことを思った。

「きっと覚えてもらえるんじゃないか」

おとうさんはそう言って、

「ここだよ」

って、喫茶店に着いたようだった。

都会って地理感覚がなくなる。もうここがどこかわからないけど、スマホのマップ片手のおとうさんについていったら、喫茶店に到着した。

雑居ビルの細い入り口が都会らしいな〜って思った。エレベーターで三階に行ったところにその喫茶店はあるしい。

店の外からコーヒーの匂いがしていた。

店内はアンティークなソファと机が並んでいたけれど、床はコンクリート打ちっぱなしで、壁にはレンガみたいな茶色い石が積まれていた。

ひと言で要約すると、おしゃれだ！

すごい。やっぱり都会のカフェっておしゃれだな〜。

キョロキョロしながら座って、メニューに目を落とすと、二度目のびっくりが私を襲った。

「パ……じゃない、おとうさん！　ここプリンあるじゃん！」

「はは。そうだよ。サヤが東京のプリンを食べたいだろうと思ってここにしたんだから」

「え〜、ありがとう〜」

体をくねくねしてしまうほどうれしかった。

店員のおねえさんが注文を聞きに来てくれた。

おとうさんはブラックコーヒー。

「私は、このフレーバーカフェオレのホット、キャラメルフレーバーでお願いします。それと……この、名物カスタードプリンでお願いします！」

「アイスクリームは乗せますか？」と店員さん。

「もちろん」

無自覚だったけど、たぶんキメ顔をしていたんだと思う。

店員さんもおとうさんも私の表情を見て笑っていた。

恥ずかしくなって、「お願いします」とちっちゃな声で答えると、「少々お待ちください」って店員さんはキッチンに戻っていった。

「サヤ、本当にプリンが好きだな」

「好きだよ。主食がプリンでもいい」

「いつからそんなに好きだっけ」

「ん～。ちっちゃいときからおやつでプリンはよく食べていたけど、やっぱり、ほら、お小遣《こづか》い増えたからさ」

私がＹｏｒｕのことを匂わせると、おとうさんは「ああ」って言った。

「近くの喫茶店に焼きプリンってあってね。めちゃめちゃおいしかったの！」

そっからかなー、食べ歩くようになったの。

そう言うと、おとうさんは「へ～」って言っていた。

「コーヒーと、フレーバーカフェオレと、カスタードプリンアイス乗せになります～」

と、店員さんが持ってきてくれた。

「わ〜！」

と、私は思わず声が漏れる。

白いお皿に黄色いカスタードプリンがアイスを乗っけてやってきた！　白いお皿にはカラメルソースの海ができている。

これ絶対うまいやつ〜、って心の中で歌ってる。

お皿を揺らしてぷるんぷるん具合を確かめる。

「お、まったくぷるんぷるんしないね。硬めなハードタイプかなあ」

いただきます、って手を合わせると、おとうさんは「どうぞ」って言ってくれた。

スプーンをプリンに刺してわかった。これ、めちゃめちゃ硬めなやつだ！

カラメルソースを絡《から》めてプリンをぱくり。濃厚なプリンの香りがした。

「ん〜！」

あまりのおいしさに思わずほっぺたを触って顔を左右に揺らしてしまった。

「濃厚！」

ザ・プリンって感じの濃縮された味が舌の上に広がっていく。チーズケーキ的な濃度のプリンって言えばいいのか。そのくらい濃い！　なんだこれ。めちゃめちゃおいしいぞ！

二口目はアイスを絡めてプリンといっしょに食べた。

アイス自体はさっぱりしていて、濃いプリンを逆にあっさりさせてくれる。

「おとうさん、ここ、めちゃめちゃおいしいよ！」

そう言うと、「よかった」っておとうさんは微笑《ほほえ》んでいた。

「サヤ、めちゃめちゃひとり言多いな」

そのひと言で我に返る。

「ちょっと、そんなこと言わないでよ〜」

「わるいわるい」

って、おとうさんは笑っていた。

やっぱり、おとうさんは気が楽だ。私のことを応援してくれるし、基本的に受け入れてくれる。おかあさんとウマが合わないのって、どこかたまに否定が入ってくるからだと思う。それが、イラッとしてしまう。

「それよりもおとうさん、よくこんな素敵なお店を知ってたね」

そう言うと、おとうさんから衝撃的なことを言われた。

「ここ、ママが選んでくれたんだよ」

ほら、とおとうさんがＬＩＮＥの画面を見せてくれた。

おかあさんとのやりとりの画面で、渋谷の喫茶店をいくつか送ってきてくれている。

そして、

『プリンが好きだから、ここがいいんじゃない？』

って、書いてあった。

このひと言に、胸がチクッとなった。

「……そう」

「そうだよ。昨日のシュラスコのお店も、ママが選んでくれたんだ。サヤ、お肉が好きだからって」

「も～、余計なことをするなあ、おかあさんは」

本心ではそんなことは思っていなかった。照れ隠しに近いような、モヤモヤした気持ちを吐き出したいような、そんな感じの言葉。

「まあそんなことを言うなよ。ママはサヤをすごく大切にしてるぞ」

そんなことを言われて固まる。なんて返せばいいのか。

ちょっと考えて、私は応《こた》えていた。

「え～、けどママ、ウザくない？」

いつからだろう。おかあさんをそんなふうに思うようになったのは。

中学に入って、なんだか無気力になっちゃって、習い事も勉強も全部やめたときがあった。

自分の人生が親に全部決められていく気がして、むかついているような、不安なような、言い表せない感情が心を占めてしまっていた。そんなときだ。勉強しなさいとかいろいろガミガミ言われたときから苦手意識が芽生《めば》え始めた。
そして、やっぱり、決定打になったことは、あのひと言なんだ。

——私はサヤの歌、聴きませんからね。

そのときからおかあさん苦手なんだと思う。
「パパから見たら、いいママだよ」
さみしそうに、パパは言った。
それはわかる。私もわかるんだけど、生理的に苦手意識が植え付けられている。
私だって、別に嫌いなわけじゃない。
こうやってカフェを探してくれて、気にかけてくれることはうれしく感じる。
けど、なんだろう、うまく言語化できない。
フレーバーカフェオレをひとくち飲んだ。
落ち着いて考えてみても、やっぱり、うまく言葉にできない。
嫌いじゃないんだけど、うれしいんだけど、好きとは違う。
なんて言えばいいんだろうなあって、言語化能力のない私は考えるんだ。
「やっぱりおかあさん、苦手なんだよね」

そう笑うと、おとうさんは苦笑いしていた。

☽

喫茶店から出る頃には空はオレンジ色になっていた。まだ四時半なのに日没が早い。もしかすると山口《やまぐち》よりずっと東側にあるからかもしれない。

遠くの空の藍色《あいいろ》と日没のオレンジ色が混ざり合って、複雑なグラデーションを作っている。マジックアワーの空色に思わず息を飲んだ。渋谷のビル群と幻想的な空と人混みが、たくさんの人や物が混ざり合う東京を象徴しているかのようで、胸にぐっときてしまった。

渋谷のホテルに戻っているときだった。

ジャガジャガジャンって、アコギの音が聞こえた。

さすが渋谷。路上ライブもやっているんだ。

どこだろうって見回すと、私より少し年上っぽいおねえさんが路上に座り込んで、アコギをかき鳴らしながら歌っていた。

「ねえ、おとうさん、見ていってもいい？」

おとうさんはにっこりとして「いいぞ」って言ってくれた。

おねえさんはオーバーオールのデニムにミニタリーなジャケットを着たラフな格好だった。

アコギは色の濃いギブソンを使っていて、「すげえ……」って思った。超レアなアコギだ。

私でもわかるカバーソングを歌っていた。声が澄んでいて、すごく伸びている。上手《うま》いなあって思っていると、おねえさんは「何か歌おっか？」って言ってくれた。

「うーん」

と、考えて東京をテーマにした歌をリクエストした。

「矢沢《やざわ》の？」

「ちがくてですね」

「ああ、そっち」

おねえさんはアコギを鳴らしてくれた。さすがギブソン……いい音だ。

そして伸びやかな声で歌ってくれた。

私は手拍子して小声で声を合わせてしまう。

間奏中、おねえさんが「歌っていいよ」って言ってくれた。

おねえさんが主旋律《しゅせんりつ》を歌う中、私がハモりを歌う。

ばっちりと声と声が合って、私とおねえさんはびっくりして目を合わせてしまった。

それから私たちは歌い合っていく。

声と声が混ざり合って、いい感じのハーモニーが作れていく。

これから東京で暮らしていく中で、こんな出会いがたくさんできたなら、なんて素敵なんだろうって思う。こんな即興なセッションが、涙が出るほどうれしく感じてしまう。世界は広いんだって、いろんな人がいるんだって、教えてくれる。

ああ、楽しいなあ……。

私も力が入って、声を伸ばしてしまった。

気づけばぞろぞろと人が集まってきている。

やばい。ふだん人に見られることなんてないから……恥ずかしいって思ったときだった。

「入れ替わろっか」

おねえさんはそう言って、おねえさんがハモりパートを歌い出した。

私は慌てて主旋律を歌う。

「もっとちょうだい！」

おねえさんのギターに力が入る。

私も強いギターに声を合わせる。

おお〜！　とか、めっちゃうまくない？　とか、オーディエンスさんたちから聞こえてくる。

やばい。Ｙｏｒｕってバレないかな。

ドキドキしたけど、止められなかった。

もうすぐ曲が終わる。

ああ、終わらないでほしいなあ。

楽しいなあって思っていたときだった。

カメラを向けそうになった人がいて、おとうさんがとっさにカメラの前に立ってくれた。

最後は、ふたりで思いっきり伸ばして歌いきった。

歌いきったときにはふたりとも息が上がっていて、目を合わせた瞬間、笑い合った。

「君、やってるでしょ」

って、おねえさん。

「はい。中学生のときから、配信とかしてて……」

「歌い手ってやつか～。それにしても上手だねえ」

「ありがとうございます」

「どうする？　もう一曲ぐらいする？」

おねえさんが誘ってくれて、私はぜひとも歌いたかった。

けど、

「はいはーい。こんなに人集めちゃダメだよ～」

って、警察の人がやってきた。

「はい、終わり終わり～」

オーディエンスさんたちを散り散りにしていく。

私は「警察⁉」ともう内心びくびくで……。

おとうさんを見ても、奥歯を嚙《か》んで緊張している様子だった。

やばい、捕まっちゃう⁉

そう思ったときだった。

「また君か〜」と、警察の人。

「へへ。すみません。今日は調子がよくて」と、おねえさん。

ふたりの会話はとてもフランクで、「じゃあ気をつけろよ〜」って、あまりガミガミ言われることもなく、警察の人は去っていった。

「怒られちった」

おねえさんは頭をかいて、「じゃあ、また」と手を振ってくれた。

なんとなく、「じゃあ、また」っていい言葉のように思った。何千万人も暮らす首都圏で、また会うことはどのくらいの確率なんだろう。けど、ここに来れば、おねえさんは歌っている気がした。会いに来てね、って言われている気もした。

東京の大学に進学したら、ここにちょくちょく顔を出そうなんて、そんなことを考えていた。

☽

ホテルに荷物を置いて、少しだらっとしてから、また夜ごはんに外に出た。

おとうさん曰く、おかあさんが教えてくれた和食のお店だった。

昨日はブラジリアン串焼きのお肉系で、ちょうど和食が食べたくなっているときだったから、おかあさんのお店チョイスにちょっと悔《くや》しいような複雑な気持ちになりながらも、やっぱり、和食はうれしかった。

古民家のような落ち着いた雰囲気の個室に通してもらった。小窓からちょっとだけ竹が見えている。

「釜飯が有名らしいから、これ頼もうか」

おとうさんがメニューブックを見ながら言った。

「サヤは何が食べたい？」

「ん〜っとねえ、お刺身と、この芋餅《いももち》のあんかけってやつと、あっ、出汁《だし》巻き玉子食べたい」

「じゃあパパは、湯葉のお刺身を足して、一杯やろうかな」

「おいしそう」

「こんなお店、どうやって調べるんだろうな」

おとうさんはあたりをきょろきょろしている。

たしかに、山口からどうやってこのお店に行き着くのか不思議ではある。

「きっと、ママ、サヤにおいしいもの食べてもらいたいんだろうな」

「それよりさ、あ〜、楽しかった〜な〜」

「買い物のこと？　それとも路上ライブ？」

「どっちもだけど、とくに外で歌って、本当に楽しかった。あのおねえさん歌ウマだったし」

おかあさんもおとうさんも音痴《おんち》だから私たち一家はカラオケに行ったりしない。クラスメイト相手にカラオケなんか行ったらＹｏｒｕだってバレちゃうし、だから、人と歌を合わせたり、ハモったりするって実は初体験だったりする。音楽を聴いて、ひとりハモりパートを歌うことはあったけど、人と合わせることはぶっつけ本番だったのだ。

「パパはドキドキだったよ。歌い出すからサヤのことばれないかって」

「カメラを止めてくれたのはナイスプレーだよ、おとうさん」

「ママにバレたら怒られちゃうからな」

「も〜、またおかあさん」

「いいじゃないか。本当はママも来たかったと思うよ、東京」

「来たらケンカばっかりしちゃうよ」

「なんでそんなにケンカするんだろうな」

おとうさんがごく自然にそんなことを言った。

「なんで……って……」

ちょっと考えて、けどわからなかった。

「そんなこと、私が知りたいよ」

「まあ、お互い気が強いんだろうな」

「え。私、気が強い？」

「強いだろう。あきらかに。サヤはおかあさん似じゃないか」

「そっか……」

おとうさんは、

「まあ、性格が似たもの同士ってウマが合わないって言うしな」

って言う。

そういうことなのかな～、って考えていると、料理が運ばれてきた。

どれもおいしいかったけど、ふと思ったことがあった。

「ねえ、おとうさん」

「ん？」

「連れてきてもらって、本当に申し訳ないんだけど、正直なこと言っていい？」

いいぞ～、っておとうさん。

「もしかして、おかあさんって料理、上手な方なの？」

「え。どうした？」

「いや……家のごはんの方がおいしいから……。いや、これもおいしいんだけど」

すると、おとうさんはにやにやしていた。

「ちょっとママに報告しよ。『ママの方が料理が旨いってさ』って」

「ちょっとやめてよ！」

「いいだろ〜」

おとうさんのスマホを奪おうとする。

するとおとうさんはスマホを手の届かないところに持って行く。

結局、おとうさんはＬＩＮＥを送信していて、既読がついていやがった。

おかあさんから、目がハートになったスタンプが送られてきて、

「ウザ」

って言うと、おとうさんは大笑いしていた。

☽

次の日の朝早く。

ギターを背負って、地下鉄に乗って、テレビ局に向かった。スタジオでそのまま収録になるみたいで、テレビ局っていっても、正確にはテレビ局の収録スタジオに向かった。

私の出演は収録になるらしく、夜の番組だけど朝から撮ってしまおうという形になったらしい。スタジオの空き的にも、私たち的にも都合がよかった。午前中にはすべて終わるスケ

ジュールだと、夜には下関に帰れるからだ。明日の火曜日にはおとうさんは仕事に行けるし、私は学校に行ける。まあ私はいくらでも休んでよかったんだけど、おとうさんの仕事のことを考えると、この収録スケジュールはちょうどよかった。

ほんとの本当の本心は、生放送で出演して、ＭＣの人と絡《から》んでみたかった。ちなみに、私は歌うだけでＭＣさんとの絡みはないらしい。顔を映さないように手元が映る程度だと聞いている。

「ここだよ」

スマホのマップ片手のおとうさんが建物を見た。

テレビ局の収録スタジオはビル群に囲まれたところにあった。

入り口にはマネージャーさんがいた。

「あ、時東《ときとう》さんご無沙汰《ぶさた》しています」

おとうさんが声をかけると、

「おはようございます」

と、マネージャーさんは深々と頭を下げた。

マネージャーさんとは会うのは四回目だった。デビューが決まったときに下関まで挨拶《あいさつ》に来てくれたときと、ＭＶ《ミュージックビデオ》を作るときに二回会ったとき以来の再会だ。

ショートカットのおねえさんで、まだ二十代前半ぐらいだった気がする。

時東さんはパンツスタイルのスーツ姿だった。

「朝からすみません」

ってお父さんが言うと、

「いえいえ、本当は昨日収録ができたらよかったのですが、こちらこそ申し訳ないです」

「昨日って日曜日じゃないですか」

「一昔前は土日も関係なかったそうですよ」

「はは、働き方改革ですか」

そうらしいです、ってマネージャーさんは微笑んだ。

「こちらにどうぞ」

マネージャーさんから入館証を受け取って、館内に入る。打ちっぱなしのコンクリートの、なんだか、「スタジオ！」って感じの館内だった。コツンコツンとおとうさんの革靴の音が反響している。私はスニーカーだったから、キュッキュって足音が反響していた。

打ち合わせルーム、というか楽屋って感じの部屋に通された。部屋の入り口のところには「Ｙｏｒｕ様」って貼《は》ってあったし、これが楽屋ってやつか！　とまじまじ見てしまった。

十畳ぐらいの部屋の真ん中に長机がふたつ向かい合わせでくっついて並んでいる。その長机の上にはペットボトルのお茶が四本、水が四本あって、仕出し弁当が六つほど置かれていた。あと手頃なお菓子《かし》がたくさんある。

あれおかしいな。「Ｙｏｒｕ様」って以外は書いていなかったのに。

「また後で人が来るんですか？」

マネージャーさんに聞くと、ぽかんとされた。

「いえ、来ないですよ」

「けどお弁当……」

お弁当に目線をやると、マネージャーさんはああって言った。

「何個でも食べていいですよ。二個でも三個でも」

「そんなに食べられないですよ！　え。これぜんぶ私たち分ですか？」

そうですねえ、とマネージャーさんは言う。

「テレビ局はなぜか人数分より多いお弁当を楽屋に用意する文化なんです」

へ～、と声を出すと、

「無理に食べなくてもいいですよ。残ったらテレビ局の人がどうにかするらしいので」

「すごい……めちゃめちゃＶＩＰ対応な気がする」

そう言うと、おとうさんは笑った。

「よかったな、ＶＩＰで」

「それ、なんの笑い？」

「いや、サヤがここまで感心するなんて」

「だってお弁当六個だよ。大食いファイターじゃないんだから……」

ははは、とおとうさんはまた笑っていた。

それから私とマネージャーさんで打ち合わせをした。

あとで番組プロデューサー（お偉いさん）が挨拶に来てくれるらしい。

「スタジオにセットがあるので、新曲の『星ふるふれれ』とデビュー曲の『夜が明けたら朝が来る』をメドレーで歌ってもらいます。ギターは……持ってきてますね」

練習してますか？　とマネージャーさんがするどく私を見た。

「大丈夫です。いつでも歌えます」

「よかった」

するとおとうさんが聞いた。

「あの、サヤの顔を映さない件は大丈夫ですか？」

この質問にドキリとする。

これがおかあさんと約束した絶対条件だからだ。この約束が反故《ほご》になると、この出演自体がおじゃんになってしまう。

するとマネージャーさんは、

「もちろんです」

と、気持ちよく答えてくれた。

「ギターを弾いているところのアップと、後ろ姿や、シルエットを中心に撮影してもらえるよう何度もお願いしています。また、放送前に映像確認もできるので安心してください」

いつもは真面目《まじめ》なマネージャーさんがぐっと親指を立ててくれた。

ここまで調整してくれて、ありがたい。

おとうさんも安心して、

「ありがとうございます」

って言った。

「じゃあ、セットを確認しましょうか」

マネージャーさんと今回歌うセットを確認しに楽屋を出た。

楽屋を出て、プルル、プルル、と唇を震わしながら歩いた。さっきマネージャーさんに「練習してきましたか？」と視線を向けられて、ドキッとした自分がいたからだ。十分にウォーミングアップしてから歌いたいって思うようになってしまった。

「セットを確認したら、メイクをしてもらいましょう」

と、廊下を歩きながらマネージャーさんが言った。

「え。顔を映さないのにメイクしてもらえるんですか？」

「テレビ局の人が用意してくれるそうです。だって気分上がりますよね」

にこっとされて、

「上がる上がる♪」

　って答えていた私。

　スタジオに到着すると、わ〜、と声が漏れた。

　すごいセットが用意されていた。突き抜けるように高い天井《てんじょう》には、まるで本物のような月が浮かび、壁はまるでおもちゃ箱の中に入ったかのようにカラフルだった。それでいて、足元にはモニターが敷き詰められ、夜の海がゆらめいている。歌い出しは夜の情景から始まり、次第に夜が明けていく演出になるとマネージャーさんは説明してくれた。

「すごいすごいすごい！」

　私にこんなセットを用意してくれるなんて！

「サヤ、すごいなあ」

　と、おとうさんも圧倒されている。

　そのときだった。

「あ、Ｙｏｒｕさん、どうもどうも」

　まるでイタリアにいそうなイケてるおじさんがスタジオに入ってきた。

「あ、ご無沙汰しています〜」とマネージャーさんが深々と頭を下げた。

　どうやらこの人がプロデューサーらしい。

　おとうさんが「よろしくお願いします」と頭を下げて、私も頭を下げた。

「そんなに頭を下げないでください。みなさんに頭を下げられたら、私なんかは土下座しないといけなくなる」

がははは っ～！　とプロデューサーの声は大きい。私の歌声ぐらいこのスタジオ中に響いている。すごいな。

「ありがとうございます。こんな立派なセットを」

マネージャーさんがプロデューサーに言うと、プロデューサーは大げさなリアクションをしながら笑った。

「いやいや、こちらこそありがとうございますですよ。Ｙｏｒｕの素顔初公開！　って、これ絶対視聴率行きますから。十五。いや二十は固いでしょうね～！」

え。

え。

え。

場が凍った。

マネージャーさんと、おとうさんと、私で、同時に「え」ってなった。

「あの、その件は正式にこちらからお断りしましたが」

おずおずと、マネージャーさんがそう言ってくれた。

すると、

「えっ！　そうなの？」

って、プロデューサーは大げさなリアクションをして、そして私たちの顔を見て、さあーって、笑顔が消えていった気がした。

そして、プロデューサーはどこかに電話していた。たぶん調整を行ったディレクターだろう。

廊下に出て電話しているけど、怒号が聞こえた。

マネージャーも真っ青《まさお》になって、自分の会社に電話してる。

「どうしよ……」

手が震えた。

私が、顔出しＮＧって中途半端《ちゅうとはんぱ》な条件を出しているから、こんなにも大人たちを振り回してしまっている。そう思うと、申し訳ない気持ちでいっぱいになった。

すると、

「大丈夫」

って、おとうさんが震える手を、自分の手で包んでくれた。

「おとうさんがなんとかするから、気にするな」

そんな力強い言葉をくれた。

なんだかその言葉がすごくうれしくて、心強くて、一気に視界がにじんだ。

結局、私のテレビ出演はキャンセルになった。

事務所はテレビ局から出演キャンセル分とかセットの制作分とかの費用を請求されたりするらしいけど、事務所は事務所で、約束が違うからと戦うつもりらしい。

マネージャーさんから、

「本当に顔出しはむずかしいんですよね」

って、何度も確認されたときの表情が、脳裏に焼き付いている。

3．私たちの宝もの

一度、ママと大喧嘩《げんか》したことがあったよね。
私が決めたことをどうせ認めてくれないから、
私は何も言えなかった。
私が黙っているから、ママも怒っちゃって。
あのときは、本気で家を出て行こうかと思いました。
けど、ごめんね。
たぶん私は、ママに認めてほしいだけだったんだと思う。

☽

新幹線で私はぐずぐずに泣いていた。おとうさんは励《はげ》ましの言葉をくれたけど、私は泣き止《や》むことができなくて、そりゃもうずっと泣いていた。

残念な気持ちとか、悔《くや》しい気持ちとか、そういうのがぐちゃぐちゃに混ざり合って、きっと外に出さないと死ぬんじゃないかって、体が反応したんだと思う。ひっくひっく言いながら、ずっと泣いていた。

おとうさんは泣き止まない私をそっとしてくれた。

たぶんほかの乗客から変な目で見られたと思う。

けど……そっとしておいてくれた。

大阪《おおさか》ぐらいで泣き疲れて寝ちゃって、気づいたら小倉《こくら》だった。

家に着く頃には空は夕暮れ色に染まっていた。泣きはらした目に空の色がよく沁みた。

帰りたくなかった。家に帰って、おかあさんからなんて言われるか。

おとうさんに背中を押されるようにして、家に帰った。

玄関にショルダーバッグとか一式の旅行道具を置いて、

「ただいま」

って、言ってみた。

すると、おかあさんがキッチンから出てきて、やさしく「おかえり」と言ってくれた。

その笑顔に胸がチクッとした。

「オープンキャンパスは楽しかった？」

って、おかあさんはずっと笑顔だった。

「ふつう」

そう答えると、

「そう」

って、にこりとした。

その笑顔が不気味《ぶきみ》だった。

なんで話題に触れないの？

残念だったね、ぐらい言ってよ。

そんなことを考えていたと思う。

おとうさんがお風呂《ふろ》に入っているとき、私はおかあさんと腹を割って話そうと思った。

リビングのソファに座って、台所に立っているおかあさんの方を見る。

「ねえ、おかあさん」

「なに？」

「なんで、顔出ししちゃいけないの？」

「んー？」

おかあさんは少し間を置いて答えた。

「だって、世の中へんな人も多いから、ファンとか押しかけたら困るでしょ。つきまとわれたり、最悪、連れ去られたりしたらどうするの」

「けどみんなしてるよ」

「みんなってだれよ」

「クラスメイトとか、インフルエンサーとか」

「人は人。うちはうち」

そう言って、おかあさんは聞く耳を持ってくれない。

「おかあさんはなんで、いつも反対するの？」

必死に口にした質問に、おかあさんはため息をついた。

そして、

「サヤのことが心配なのよ」

って、語気強めに言ってきた。

「まだ若いんだから、ちゃんと考えないと」

「考えてるよ！」

私が言っても、おかあさんはすまし顔だった。

「私は、私の音楽をもっと広めたいだけなの。どうしてわかってくれないの？」

「有名になれば、それだけリスクがあるじゃない」

「リスク、リスクって、そんなこと気にしてたら何もできないじゃん！」

「ママはサヤが心配なだけなの。なんでそんなこと言うの」

「おかあさんなんか、私の夢なんてどうでもいいんでしょ」

そう言うと、おかあさんは台所の水道をキュッと止めて、キッチンから出てきた。近づいてくるわけでもなく、その場で立ち止まって私を見ている。

「そんなことない。サヤの夢を応援したいけど、もっと現実を見なさいって言ってるの」

「現実？　おかあさんが言う現実って、私を縛ってるだけじゃん！」

おかあさんの眉《まゆ》が八の字に寄る。

「縛る？　そんなふうに思ってたの？」

「……………」

そんなことを言われて、黙ってしまった。

そうだよ、って大声で叫《さけ》んでやりたい気持ちをグッと我慢《がまん》していたときだった。

「ねえ、なんとか言いなさいよ」

って、おかあさんは言った。

私が我慢しているのに！　ってカッチンときてしまった。

「そうだよ！」

私は大声を出していた。

「いつも私のやりたいことに文句ばっかり言ってさ、結局私が何を言っても納得してくれないじゃん」

「だって、サヤが将来のことをしっかり考えているように見えないからよ」

そんなことを言われてまたカチンときた。

「だから、考えてるってば！」

大声を出しすぎて喉《のど》が痛くなってきた。

「私の音楽だって、ちゃんと考えてる。おかあさんが見てくれないだけだよ」

「音楽なんて趣味でいいじゃない。なんでサヤは音楽が中心になるの」

そう聞かれて、私は迷わず言った。

「夢だからだよ！」

って。

「夢って、サヤ……」

おかあさんは冗談言わないでよ、って顔していた。

「あなたにとってその『夢』って本当にそんなに大事なの？」

「大事だよ。夢があるからがんばれるし、生きがいじゃん！」

「じゃあ、いったいなんのためなの？」

「なんのためって……それが私のやりたいことだから。好きだからだよ」

おかあさんは首を横に振って、

「好きなことだけして、それで人生がうまくいくと思ってる？」

そんな悲しいことを言った。

「どうしてそんな言い方するの？　好きなことを追いかけちゃいけない？」

「いや、そうじゃないけど……ちゃんと、やることやらないと」

「やってるよ！　やってて言ってるんだよ！　おかあさんは、私のことなんて理解しようともしないじゃん！」

勉強だって望む大学に入れるくらいはやってるし、学校にも真面目《まじめ》に通ってる。試験勉強だってしてるし。なんでわからないの。

「理解できないわけじゃない。でも、夢ばかり追って、現実が見えなくなるのが心配なの」

「現実が見えなくなってなんかない！」

気づけば叫ぶように言っていた。

おとうさんがタオルを腰に巻いたままお風呂から飛び出してきた。

体から湯気を上げて、「おいおいどうした」って私たちを見てる。

おかあさんはおとうさんを無視した。

「サヤ、テレビ局で顔出しでもいいですって言いかけたんでしょ。それをおとうさんが止めたんでしょ」

そんなことを言われぎくりとする。おとうさんを見たら、おとうさんは顔をそらした。

「ほら、言ったじゃない。約束も守らないで……。だからママは反対したのよ」

「そんなこと言われたって、みんな困ってたんだよ。テレビに出たらもっと知名度が上がったんだよ」

泣きそうだった。おかあさんとずっと平行線のままで、視界がにじんでしまう。

「そんなに執着してどうするの」

執着？

そんなおかあさんの物言いに、またカチンときた。

「執着ってなんなの！　私は！　自分の！　好きなことを形にしたいだけ！」

「じゃあ、その『形にする』って、どういう意味なの？　いったい何を目指してるの？」

「……それは、みんなに私の音楽を聴いてもらって、少しでも力になれたらって」

「ママにはそれがわかるようでわからない。ふつうの幸せで十分なのに」

ほら、また堂々巡りになる。

おかあさんはおとうさんと結婚して、私が生まれるなり専業主婦になったって聞いた。家でずっと過ごしてきた人に、私の言うことがわかるのか。

もう話していて疲れてきた。

これは「生き方の違い」ってやつなのかもしれない。

これ以上、わかり合えないのかもしれない。

そう考えると、悲しくなってきた。

「もういい」

そう言って、おかあさんの横をすり抜けて私は玄関に向かった。

「どこ行くの？」

おかあさんが腕を摑《つか》んできた。あかぎれのあるカサカサの手だった。

「出て行く！　もういやだ、こんな家！」

そう言って、おかあさんの手を振りほどいた。

「出て行くって、どこに⁉」

おかあさんはびっくりした感じで、その場で固まっていた。

おとうさんは慌てて、「よ、夜は危ないぞ」って言って私を止めようとする。その脇《わき》をすり抜けて、玄関から出て行った。


頭に血が上ったまま家から出て、とにかく遠くに逃げてやろうって思った。電車に乗って、行けるところまで行って、ひとりで暮らしていくんだって。

下関《しものせき》駅に向かうか、船着き場から船に乗って門司港《もじこう》駅に向かうか。

運がいいことにショルダーバッグが玄関にあったので財布は持ってこれた。運がわるいことにスマホは忘れた。まあいいや、もうスマホは新しく買う。SNSの沙夜《さや》アカウントにログインしたら友達とつながれるし、親とは縁が切れる。

マンションから出て駅方向に走った。けど、すぐ体力が尽きて唐戸《からと》から船に乗ることにした。

船の出航がすぐにあった。ぜえぜえ言いながら券売機でチケットを買って船着き場に行く。

「寒っ」

もうすぐ十二月になろうってときだから、走ることを止めたとたん激寒《げきさむ》でジャケットを忘れていることを後悔した。

船が着いてもデッキ席に行く元気なんかなくて、船の中のベンチ席に座った。汗が冷えてきて、寒い寒いと言いながら手で体をこすっていた。

窓から関門橋《かんもんきょう》が見えた。夜だからライトアップされている。橋の上にぽつんと三日月が浮かんでいる。船はまるで銀河の海を渡るように関門橋の横を猛スピードで進んでいく。

まるで自分が関門橋を渡っているような気持ちになった。

☽

門司港に着いて、門司港駅まで歩いた。

船着き場の横には漁船が停めてあって、波に揺られていた。赤レンガの門司港の街が、灯《あか》りに照らされていた。

門司港駅の電光掲示板で電車の時間を確認すると、三十分後に小倉に向かう電車があった。スマホがないから終電までにどこまで行けるか検索できないけど、今日中に博多《はかた》ぐらいまでは行ける気がする。

「……寒い」

門司港駅にコーヒーチェーンが入っていたので、ホットココアを買った。

ひとくち飲むと、ココアのあたたかさがおなかの奥にまで沁みた。

ココアを飲みながら電車を待とう。

「ココアおいしい」

そうつぶやいたときだった。

「サヤ！」

おとうさんの声がした。

お店の入り口に息を切らしたおとうさんがいた。

おとうさんは私のジャケットを持ってる。

「探したぞ」

「どうして」

どうして見つかった？　そんなことを思うと、おとうさんは私の心を見透かしたように答えた。

「どうせ電車に乗ると思って、下関駅と門司港駅でおかあさんと二手に分かれたんだよ」

ジャケットを肩にかけてくれるおとうさん。ジャケットと私のスマホを持ってきてくれたようだった。

また逃げるか悩んだ。けど、お店の中で言い争ったり走ったりすることも気が引けて、

「私、帰んないよ」

って、自分でもわかりやすくふてくされていた。

「それよりもほら、寒いだろ」

そう言って、おとうさんはコートを私にかけてくれた。

「何飲んでるんだい？」

「ココア」

「いいなあココア。たく。サヤが探させるから喉がカラカラだよ」

「ひとくち、飲む？」

おとうさんにカップを渡そうとすると、「別にいいよ」って返ってきた。

帰ってきなさい！　って無理強いされないことに、違和感がありつつも、なんだか私をわかってくれているような気がして安心感もあった。

「私、帰らないよ」

もう一度、自分の主張をする。

するとおとうさんは私にひとつも怒ることもなく、

「おなか、空いてないか」

って言った。

ちょうどそのとき、おなかがぐうと鳴った。

おなかの音が聞かれていないかおとうさんを見ると苦笑いしていた。

「ちょうど夜に出てきたんだ。夜にしか食べられないところ行こうか」

そう言って、にこりと笑ってくれる。

そして、ふたりで門司港の夜道を歩いた。おとうさんの後をついて行く。

空は晴れていて、月が浮かんでいる。

灯りのついた関門橋が見えて、歩いても歩いても遠くにある気がした。

次第に街灯の少ない夜道に変わって、見上げると星がよく見えた。

「おかあさんは？」

何も言わないおとうさんに、私の方から聞いてしまった。

「ん？　みつかったって連絡しておいたから、もう帰ってるんじゃないか？」

「なんで怒らないの？」

「そりゃびっくりしたけど、おかあさんも言い過ぎたって自覚あったし、あ、けど、もうやめてくれよ。心臓が飛び出るかと思ったんだから」

自覚……あったんだ。

そうつぶやくと、おとうさんには聞こえなかったのか、返事はなかった。

「帰りたくないか」

おとうさんがそう聞いてきた。

「うん。今は」

「じゃあどうする？　今日くらいホテルに泊まるか？」

「……おとうさんってさ」

私の方から言ってしまった。

「私にあまなすぎない？」

「そうか？」

「そうだよ。自分で言うのもあれだけど、ここは力尽《ちからづ》くでも連れて帰るところでしょ」

ははは、そうだよなあ、っておとうさんは笑った。

「おとうさんも家出したいときが何度もあったから、気持ちがわからないわけじゃないんだ」

「そうなの？」

「そうだぞ。おとうさんの家、結構厳しかったからな」

笑いながらそんなことを言う。

「だから今日はお互いクールダウンした方がうまくいくと思うんだ」

おとうさんは空を見た。

秋から冬へ移ろう星空が、吸い込まれそうなほど高く広がっている。

「……ありがと」

こんなことを言ってもらえて、涙が出るほどうれしかった。

「じゃあ、今日は、ホテルに泊まる」

泣いたら茶化されそうでむかつくから、絶対泣かなかったけど、目頭《めがしら》は熱かった。

そのときだった。

ひとりの女の子が向こうから走ってきた。

私くらいの歳《とし》の子がランニングしてるようだった。

スポーツウェアを着て、イヤホンを耳につけて、音楽を聴きながらなのかな。

すれ違うのも一瞬だったけど、その一瞬、ほんの一瞬、

「(……夜のはしには〜♪)」

すごく小さな声で、私の歌を口ずさんでいるように聞こえた。

「ねえ、おとうさん聞いた?」

おとうさんに確認すると、「なにが?」って返ってきた。

「さっきの子! 私の歌を口ずさんでなかった?」

「そうだったのか?」

もうその子の背中は小さくなっている。

「あ〜、うれしいな〜」

やっぱり、私のやってきたことは間違っていなかったんだって自信になる。

曲を作って、歌をうたって、だれかがどこかで口ずさんでくれる。

「私って、『生きた証《あかし》』ってやつが残せているんだね」

「なんだよ、そりゃ」

そんなこと言うには若すぎるって～、とおとうさんは笑う。

おとうさんは笑うけど、私の中ではたしかにあった。

私の生きた証がだれかに残っていくことがどんなに幸せかって、胸が熱くなるほど感激してる。

「どこ行くの？」

私はおとうさんの横に並ぶ。

「人道《じんどう》の入り口近くに、古民家を改装したカフェがあるんだよ」

そこに、おいしいプリンがあるんだって。そんなことをおとうさんは言った。

少し歩くと、確かにおとうさんの言うカフェがあった。

神社すぐ横の古民家を改装したカフェで、夜しかオープンしないらしい。木造の薄暗い部屋にテーブルが四つあって、テーブルの上にはろうそくが灯っていた。

カフェはスイーツがメインのお店だった。おとうさんはメニューを見て、「あちゃ～」って頭を抱えた。

「あちゃ～って古いよ、おとうさん」

「ごめんな、サヤ。夜ごはんが食べられたらよかったんだけど、ここ軽食しかないや」

「私はプリンがあれば十分！」

「本当にプリンが好きだな」

「この、今月のプリンとカフェオレにしていい？」

「いいぞ～」

って、おとうさんは言ってくれた。

プリン、プリン、って口ずさみながら待っていると、店員さんが「お待たせしました」って持ってきてくれた。

プリンの上に、四角いりんごのタルトとアイスクリームが乗っている。

「おお～！」

思わず声が漏《も》れた。

「すごい……絶妙なバランスで立ってる……」

プリンをスプーンでつつくとハードタイプのプリンだってわかる。りんごのタルトやアイスが乗っているから、硬めに作っているんだ。

リンゴのタルトとアイス、プリンを少しずつすくって、パクりと食べてみた。

「ん～！」

リンゴの酸味とアイスのあまさやプリンのまろやかさが口いっぱいに広がった。

それからリンゴとバニラの香りが鼻から抜けていった。全身にしあわせがいっぱいに広がっていく。

「おいしい～！」

るんるんでそう言うと、パ……おとうさんが「よかったな」って笑ってくれた。

食べ終わって、

「ふ〜。満足」

って、つぶやいたときだった。おとうさんが急に真剣な顔をした。

「なあ、サヤ」

「なに？」

急にかしこまってどうしたんだろうって思った。一瞬で、あ、これはおかあさんのことだって、思った。

「ママのこと、悪く思わないでほしいんだ」

って、言った。

やっぱりって思って、ため息が出そうになる。

「そんなこと言っても、無理だよ」

「まあそんなこと言わずにさ」

「おとうさん」

「なんだい？」

「おかあさんってなんで私の夢を否定するのかな。私のこと、全然わかってくれないじゃん」

おとうさんは「……サヤ」と言って、私を悲しそうに見た。

「ママはサヤを心配してるんだよ。顔を晒《さら》すリスクとか、失敗したとき傷つくこととか」

「でも、そうやって心配ばかりされてもさ～」

テーブルを見ると、ろうそくの火が揺れて、今にも消えそうだった。私は声を抑えて話す。

「なんで応援してくれないのかな。私ってそんなに信じてもらえない？」


——私はサヤの歌、聴きませんからね。


また、あの言葉がリフレインした。

「そうじゃない。ただただ傷ついてほしくないんだよ」

「傷つかないために制限するってこと？」

サヤ……、とおとうさんが私を見る。

「おとうさんも私のこと信じてないの？」

「そんなことはない！　ママも僕もサヤがどれだけ大事か、それだけはわかってほしい」

「わかってほしいって言うけど、全然わからないよ」

信用されている気がしないんだよ。

椅子《いす》にもたれながらそう言うと、おとうさんはすごくさみしそうな顔をした。

「信用していないわけじゃない。ママも僕もそれだけサヤを大切に思ってるんだよ」

「その『大切』っていうのが信じられないんだよ」

もうこれこそ本音だった。

自分のこどもだからって、私を思い通りにしたいだけじゃないのか。

そう思えてならない。

おとうさんをどれだけ傷つけたとしても、わかってほしかった。

するとおとうさんは、神妙そうな顔をした。

「そういえば、サヤに、『沙夜』ってどういう意味でつけたか、話していなかったかな」

沙夜ってね。

そう、おとうさんは教えてくれた。

☽

おとうさんとおかあさんはお互い三十二で結婚して、それから全然こどもができなかったらしい。

ひとりでもいいから三十五歳までにはつくりたいね。

そんなことを夫婦の目標にしていたらしいけど、気づいたら三十代後半になっていて、そこから真剣に病院に通って、不妊治療をしたって。

体外受精で三回妊娠したらしいけど、三回とも流産になったらしい。

おかあさんの気落ちは激しかったって。もちろんおとうさんも悲しかったけど、おかあさんはおとうさんの比じゃなかったって。

それはもう、ほかの家庭の懐妊報告が素直によろこべないくらい、おかあさんの精神はすり減っていたっておとうさんは言った。

街中でこどもの声を聞くとつらくなるから引きこもるようになった。

――そのくらい、おかあさんの精神はやられていたそうだ。

何年も治療して、何回も泣いて、もうあきらめようかって話をするようになった頃、私ができた。

妊娠後、ここまできたら流産の心配は少なくなるという安定期っていうのがあるらしくて、その安定期に入ったとき、一番よろこんだのはおかあさんだったって。

けど、私が生まれるまでにはまだまだ大変なことが待っていた。

安定期に入って、おかあさんは妊娠高血圧症っていうのになったらしい。

母子ともに危険な状態になることも少なくないらしくて、最悪早産してでも母子を守ろうってするほどだったって。

母子ともにあまりよくない状況に、「絶対、おなかの中で育てます」っておかあさんは言っていた。安静にして、食べるものも気をつけて、たくさん病院に通って……。

まさに死闘だったっておとうさんは静かに言った。

なんとか私が生まれたとき、おかあさんは大泣きして、「ありがとう、生まれてきてくれてありがとう」って何度も言っていたらしい。

そして、「生涯《しょうがい》をかけてこの子を幸せにする」って言ってくれたそうだ。

望んで望んで、失敗して、ようやくできた私に、おかあさんは『沙夜』と名付けてくれた。

この名前がいいって、おかあさんが考えてくれていたようだった。

——「沙」とは砂粒のこと。

夜の浜辺の砂粒から、ひとつの宝石をみつけるように、ようやくみつけた宝ものだと私に名付けてくれたらしい。

そんなことを、おとうさんはゆっくりと教えてくれた。

☽

「だからな、サヤ。おかあさんが、いちばん大切にしてるものは、君なんだよ」

それだけは、信じてほしい。

そう、おとうさんは言ってくれた。

思えば自覚がないわけではなかった。

習い事もたくさんさせてもらったし、私が行きたいって言った場所にはたくさんつれて行ってもらった。毎日の料理だって、がんばっておいしい料理を作ってくれるし、この前東京《とうきょう》に行ったときだって……おとうさん経由でいろいろ気にかけてくれた。

そう。自覚がなかったわけじゃないんだ。

テーブルに置いたスマホが目に入った。

スマホを撫《な》でる。

この前、おかあさんに買ってもらった木のスマホケースが、手になじんだ。

これだってそうだ。

私がほしがっているって、一番に気づいてくれたのは……おかあさんだった。

そう。自覚がなかったわけじゃないんだ。

それを私が直視できなくて、反対してくるから、都合のいいように「大切に思われていない」って……。

気づけば泣きそうになっていた。

鼻の奥がつんとして、目頭が熱くなってくる。

「向き合ってなかったのは、私の方かも……」

うつむくと、ぽつりぽつりと手の甲に熱い雫《しずく》が落ちた。

「会いたい」

「どうした？」

訴えるようにおとうさんに向いていた。

「私、ちゃんとおかあさんと話したい」

おとうさんはぽかんとしたけど、私は止まらなかった。

時計を見る。二十一時四十分。

「ちょっと先に行くね！」

そう言って私はカフェから飛び出してしまった。

ここからなら船着場まで走るより、すぐそこの人道からの方が早い。

私は人道へ走った。エレベーター前にすぐ着いて下のボタンを押した。おとうさんが後ろから「サヤ！」って叫んでいる。私は待てなくてすぐエレベーターに乗り込んで、下ボタンを連打した。エレベーターで地下にもぐる時間がもどかしい。

エレベーターで地下に着くと、まばらに人がいた。ランニングしている人とかもいる。

青い天井《てんじょう》に白い壁。茶色い床には「↑下関」と書いてある。

その下関に向かって走った。

私は走った。全力で走った。

ふだん走らないからすぐ足が絡《から》まりそうになった。

すぐへろへろになった。

自分に体力がないことをこんなに恨《うら》んだことはない。
まるで潜水服を着て走っているようだった。
喉の奥が渇いて気道がくっついている感じがした。
心臓が痛い。肺が痛い。横っ腹が痛い。足が重い。血の味がする。
関係なかった。一刻も早く下関に帰りたかった。おかあさんと話したかった。
動け、動け！
走れ、走れ！
それればかり考えて、重たい体を前に前に進めていく。
はあ、はあ、ふう。
って、何度も足が止まりそうになる。
そのたび、心で自分を鼓舞《こぶ》した。
動け、動け！
走れ、走れ！
って。
走って行くと福岡《ふくおか》県と山口《やまぐち》県の県境が見えた。
ここまでが福岡で、ここから山口、って感じの県境の白線だ。
気持ちとしてはその白線を飛び越えて、疾走してやりたかった。

私はその県境のところで壁に手をついて、足を止めてしまった。

ひゅうひゅう……と肺から変な音が鳴っている。

「なん……で……」

もっと走りたいのに、体がいうことをきかない。

まだ数百メートルしか走っていないのに！

動け、動け！

走れ、走れ！

そればかり考えて、重たい体を引きずるように前に進む。

貧血なんだろうか。目の前が真っ白になりそうだった。

「サヤ！」

コツンコツンコツンって後ろから革靴で走ってくる音が聞こえてきた。

振り向くと、血相を変えたおとうさんが走っていた。

結局おとうさんに追いつかれてしまった。

「大丈夫か？　足でもくじいたか？」

「だい……じょうぶ」

ちょっと疲れただけ、と途切れ途切れに言う。

足を止めると尋常じゃない量の汗が噴き出した。

「ちょっと休んだ方がいいんじゃないか」

「けど、早くおかあさんのところに行きたい」

壁伝いに手を這わして、ゆっくりでも歩いて進んでいく。

酸欠か、頭が痛かった。

うんしょ、うんしょって、一歩一歩進んでいく。

そのときだった。

「おとうさん？」

おとうさんが、私の前でしゃがんでいる。

「まさかと思うけど、乗れってこと？」

「おんぶしようか？」

私は周りを見て恥ずかしくなる。

「いやだよ」

「サヤ、今にも倒れそうじゃないか」

「けど……」

おとうさんは、「ほら」って私をせかしてくる。

恥ずかしい気持ちを我慢しながら、私はおとうさんの背中に乗った。

「重くない？」

おとうさんがすっと立ち上がった。

すると、おとうさんは、

「むしろ軽すぎだろ。ちゃんとごはん、食べてるか？」

「……食べてるよ」

「この前も学校で貧血を起こしたんだろ。そろそろ病院に行かないとな」

おとうさんは一歩一歩、トンネルを進んでくれた。

私は恥ずかしくておとうさんの背中に顔を埋めた。

「ねえ、おとうさん」

「なんだい？」

「いろいろ迷惑かけてごめんね」

顔が見えないから、素直に言えることもあるんだと思った。

するとおとうさんは、はは、っと笑った。

「サヤがそんなこと言うなんてめずらしいな」

「もうっ」

背中をぱかっと叩《たた》く。大きな背中だと思った。

「迷惑だなんて思ってないよ。親だから、こんなことを迷惑なんて思わないさ」

おとうさんと触れているところがあたたかい。心まであたたかくなった。

「おかあさん、怒ってるかな」

「心配してると思うぞ」

「怒ってない？」

「怒ってない」

こつんこつんとおとうさんの足音がトンネルに反響して聞こえる。そのリズムが心地《ここち》よくて、おとうさんの背中で寝てしまいそうになる。

「ありがとう」

そう言うと、おとうさんは、「なにか言ったか？」と聞いてきた。

「んーん」

涙をおとうさんの背中にこすりつける。

記憶にないくらいひさしぶりに、おとうさんに負ぶってもらった。

おとうさんは私を負ぶったまま、関門トンネルを歩いてくれた。

☽

「ただいま」

家に帰ると、おかあさんは、「おかえり」って、玄関まで心配そうな顔をしてやってきた。

おとうさんは「おかあさんは怒ってない」って言っていたけど、第一声から怒られることを覚悟していた。

けど、おかあさんは、

「おなか、空いてない？」

って聞いてきた。

なんだろう、目がじんわりして、おなかがぽかぽかした。

下を向くと、涙が出てきた。

「おかあさん」

「なに？」

「ごめんね」

そう言うと、おかあさんは肩を抱いて、それから背中をさすってくれた。

「いいわよ。けど、次からはやめてね」

心配するから。

そんなことを続けてくれる。

「とりあえず座りましょう。ね？」

そう言って、リビングまで背中をさすってくれた。

そして、

「さっきは、ちゃんと聞いてあげられなくて、ごめんね」

ふたりでソファに座った。

おかあさんは私の横に座って、手を握ってくれた。

「おかあさん、あのね」

「なに？」

私はおかあさんの手を握り返す。

「話したいことがあるのね」

「どうしたの？」

「私、今まで自分の夢のこと、ちゃんと話せてなかった気がするんだ」

おかあさんはなんとなく見れなかった。

私はテーブルをまっすぐ見て、そんなことを言っていた。

「だから、聞いてほしいの」

って。

すると、

「わかった」

って、返ってきた。

「ちゃんと聞くから話してみて」

って。

「私がやりたいのはね」

私はゆっくりと続けた。

ただ有名になりたいとか、注目されたいとか、そういうことじゃないって。

そう、っておかあさんは相づちを打ってくれる。

「私の音楽を聴いて、少しでもだれかの心が軽くなったり、元気になったりしたらいいなって思ってる」

「うん」

「たとえばさ、Ｙｏｒｕ《ヨル》さんの曲で救われました！　とか言われたら、超うれしいの、私」

「そう」

「で、それって結局なんなんだろうって私、ずっと考えていたの」

「それって？」

「たぶん、私はだれかの心に残ればいいなって思ってる」

「だれかの心？」

「うん。たくさんの人に聴いてもらって、ひとりでも多くの人に覚えてもらいたい。Ｙｏｒｕってアーティストを」

「そうなの」

「覚えてもらってね、私の生きた証、みたいなものを残したいんだ」

今日もね、と続けた。

こんなにおかあさんと話したのはいつぶりだろう。

いつもは部屋にすぐ閉じこもっちゃうから、全然会話なんてしない。

けど今日は止まらなかった。おかあさんに聞いてほしかった。

「さっき、門司港で私の歌を口ずさんでくれていた人がいたんだよ。私、すっごいうれしかったの」

そう口にすると、なんだろう、自然と涙が出た。

ずっと胸のうちにしまっていたことを、ようやく口にできたことがうれしかったのか、よくわからない。言えて、恥ずかしいような、うれしいような、複雑な感情が胸を占めている。

おかあさんは背中をさすってくれた。

おかあさんを見ると、やさしい目をして私を見てくれていた。

「サヤ」

って、ゆっくりと口を開いたおかあさん。

「ごめんなさいね」

って。

そして、

「ずっと、ちゃんと話を聞いてあげられなかったわね」

そんなことを言われ、また涙がにじんだ。

「ううん、おかあさんが謝ることないよ。私もわるかったし……」

おかあさんは、天井を見て、ふうって息を吐いた。まるで自分も泣いちゃわないようにしているみたいだった。

「ちなみに、いつからそんなことを考えていたの？」

「えーいつからだろう。中学三年くらいかなあ。音楽をまた始めて、一年くらい経ったときだったと思う」

おかあさんは、「そっか」って、作ったようににこりとした。

「そんなにまっすぐ向き合えるって、ママはすごいと思うの」

おかあさんからひさしぶりに褒められて、なんだかこそばゆい。

「ありがとう」

たまにね、っておかあさんは続けた。

「お互いにぶつかることもあるけど、それはサヤのことが大切なのよ。それだけは忘れないでほしい」

「うん。わかってる」

「私もわかってるつもりだったけど、きっと足りなかったのよね。サヤがそんなこと考えてたなんて……知らなかった」

けどね、っておかあさんは続ける。

「やっぱり、顔を出したり、芸能人みたいになったりっていうのは、ママは反対かな」

って、そこだけは曲げるつもりはないようだった。

「わかってるって。けど、十八ぐらいになったら許してよね」

「まあ……成人したら、ママが口出すことじゃないし」

そこが妥協点なのかな。

おかあさんはそう言って、またニコってしてくれた。

「ねえ、おかあさん」

私はおかあさんに向く。

「私が曲を作るところ、一回、見ててよ」

「恥ずかしいわね」

「なんでおかあさんが恥ずかしいのよ。恥ずかしがるのは私だって」

ふふ、っとおかあさんは笑ってくれた。

「私ね」

「うん」

「どこに行っても、デビュー曲の印象が強くて、むしろデビュー曲しかみんなの記憶に残ってない」

「そうなの？」

「そうだよ。悔《くや》しいでしょ」

だから！　と、私は立ち上がる。

「デビュー曲を超えるような、これが一番！　って曲を作りたいの。それをね、おかあさんといっしょなら、作れる気がするんだ」

「ママ、中学高校と、音楽の成績『2』だったわよ」

「そうなの？」

「そうよ。なんでサヤに音楽の才能があるのか不思議なくらいだもの」

あっはっは、と笑うと、「サヤ、笑いすぎ」とぴしゃりとおかあさんは言ってきた。

「おかあさんが見てくれてたら、なんとなくできる気がするんだ」

聴いてくれるだけでいいから。

そう言って、おかあさんにお願いする。

「私が本当に『これが一番だ！』って思える曲ができたら、まずはおかあさんに聴いてほしい。今、そう思えるの。だから、聴いてて」

するとおかあさんは、

「わかった」

って、微笑んでくれた。

「楽しみにしてるわ。どんな名曲が生まれるのかしらね」

「も～、ハードル上げないでよ」

私がへにゃっとなりながら言うと、急におなかが「ぐ～」って鳴った。

「夜ごはん、食べたの？」

「プリン、食べた」

そう言うと、おかあさんはおとうさんをキッと見た。

「仕方なかったんだよ。連れて行った店がデザートしか置いていなかったんだから」

と、おとうさん。

はあ、とおかあさんはため息をついて、私に向いて笑った。

「コロッケ、食べる？」

「うん」

私はうなずいた。

「けど今から揚げるの、めんどうじゃない？」

「サヤが食べたいなら、いつでも作ってあげるわよ」

そう言って、おかあさんはキッチンに向かう。

「あ、おかあさん」

キッチンに行ったおかあさんに言った。

「この前、コロッケ、別に好きじゃないって言ったけど、あれうそだから」

「そんなこと言ったかしら」

おかあさんはお鍋に油を注《そそ》いでいる。

「うん。私、おかあさんの手作りコロッケ、地味に好き」

コンロの電源を付けるおかあさん。

地味にってなによ、って笑ってた。

「衣がさくっとして、中がちょっとやわらかいところがいいんだよね」

ありがとう、っておかあさんはまた笑う。

「あれって、じゃがいも以外に何か入れてるの？」

「ちょっと牛乳を入れてなめらかにするの」

そうなんだ、と私は感心してしまった。

「なんでおかあさんって、料理上手なの？」

素朴《そぼく》な疑問だった。

おかあさんはコロッケを準備しながら、

「昔から上手なわけじゃなかったわよ」

「え。そうなの？」

「サヤにおいしいものを食べさせたいから、上手になったの」

そんなことをおかあさんは恥ずかしげもなく言う。

「今度、私も作ってみようかな」

「教えよっか?」

そう聞かれ、気恥ずかしくなってしまった。

「……うん」

今までこういうことを話したことなかったなって、思った。

次第にコロッケを揚げる音がしてきた。リビングにおいしそうな匂《にお》いが満ちる。

おかあさんがキッチンに立ってる姿が好きだ。

なんだろう。なぜか安心する。

みんな、こんなことを感じるものなんだろうか。そんなことを考えた。

パチパチと油が跳ねる音を聞きながら、窓の外を見た。

暗闇《くらやみ》の中、関門海峡は黒く見える。

その黒い関門海峡を、ライトを付けた大きなタンカーがゆっくりと渡っていく。

まるで恐る恐るといった感じで、ゆっくりと進んでいるように見えた。

「できたわよ」

テーブルに持っていってくれる?

そうおかあさんが言うので、「はーい」と立ち上がった。

アイランドキッチンの隅に置かれたお皿をダイニングテーブルに移す。

そんな簡単なことだった。

思えば、手に違和感があった。

なんでもないだろうって、私は楽観的に手を伸ばした。

コロッケを落とさないようにお皿を持って、「よいしょ」って重くもないのに口にしていた。

そして――。

がっしゃん、って大きな音がした。

何が起きたのか一瞬わからなかった。

お皿が割れている。

キャベツが床に散乱している。

コロッケが床で潰《つぶ》れている。

「大丈夫⁉」

って、大きなおかあさんの声がした。

おかあさんの声で、ああ、コロッケを落としちゃったんだって理解した。

「あれ」

手が震えてる。

「ほんとごめん。手が……ちょっと………」

手の震えが止まらない。止めよう止めようと思っても止まらない。

床のコロッケはぐちゃってなって、原形をとどめていなかった。

コロッケを見ていると、次第に意識が薄くなっていく。

そのときだ。

ふっと腰から力が抜けて、私は倒れてしまっていた。

ガン、と頭をぶつけても痛いって不思議と思わなかった。

「サヤ！　大丈夫⁉」

おかあさんの声がした。

それよりコロッケ、ごめんなさい。

大丈夫、大丈夫。

ほんとごめんなさい。

そんな言葉を口にしようとしても、まったく声が出なかった。

おかあさんは叫ぶように私を呼んでいた。

ふっと私は意識を失った。

☽

目を覚ますと、私は救急車の中だった。おかあさんはぐちゃぐちゃに泣いて、おとうさんは心配そうに私を見ていた。

病院に着くといろいろ検査された。

血圧を測ったり、採血したり、検査をして、それでも倒れた原因がわからなかった。

「遺伝子検査を大きな病院に依頼します」

そうお医者さんは言って、結果が出るまで一ヶ月ぐらいかかった。

そして一ヶ月後。

検査結果についてお話がしたいと、お医者さんからおかあさんへ連絡があった。


病院の小さな部屋。

全体的に白色の部屋には、先生の机とパソコンがある。

先生は眉根《まゆね》を寄せて、真剣な顔をしていた。

――そして、言った。


「佐々木《さ さ き》サヤさんは、難病を患っています」

おかあさんと私はぽかんとしてしまった。

「治療法は今のところありません」

そして、「かなり進行している可能性が高いです」ってお医者さんは続けた。

「それってどういう意味ですか?」

おずおずとおかあさんが聞いた。

そして、先生の告げた言葉は、私たちを絶望に落とした。

「数年か、または半年ほどか、つまり、余命いくばくもない可能性が高いです」

目の前が真《ま》っ暗《くら》になった。

4．ママへ

うじうじしちゃうところとか、おおざっぱなところとか。
歌が好きなところとか、苦手なところとか。
歌の趣味だとか、洋服の趣味だとか。
大事にしているものとか、大事にしていないものだとか。
似ているところ似てないところがあるけれど、
やっぱり私は、ママのこどもなんだって思うんだ。

☽

余命いくばくもないと言われたけど、入院することにはならなかった。

治療法のない難病がゆえ、家で症状を緩和する薬を飲むくらいしかやることがなかった。

お医者さんから病気のことを聞かされて、おとうさんもおかあさんも病気についてたくさん調べてくれた。けど、調べれば調べるほど治療法がなくて、本当に処方されたいくつかの薬を飲むことぐらいしか手はないって知った。

「大丈夫《だいじょうぶ》。大丈夫だからね」

そうおかあさんは言ってくれたけど、ぐしゃぐしゃに泣きながら言うものだから、こんなことを言わせてしまってと……胸が痛かった。

おとうさんもおかあさんも、ずっと泣いていた。

私に泣いてるところを見せないようにしてるみたいだったけどバレバレだった。

おかあさんが泣くところは見たことあったけど、おとうさんが泣くところは見たことがなかった。ゆるやかに死んでいくことしかできない私を目の前にして、ずっと泣いていた。

そう。

今もなお、ゆるやかに私は死んでいってる。

あと数年か、あと半年か。

病院でもらった数錠の薬が、私を生かしている気がした。

実際には薬に延命作用はなくて、症状の緩和作用しかないらしいけれど、この薬を飲むことを止めたら、一気に死が近づく気がしてやめられなかった。

「なんで私なんだろ」

ベッドに横になって、天井《てんじょう》を見る。

昨日もおとといも、同じ体勢だった。

眠くなったら寝て、決まった時間に薬を飲んで、天井をずっと眺めてる。

「なんで私なんだろ」

この言葉を何千回と言っただろうか。

また、涙がこみ上げてきた。

「……なんで私なんだろ……」

ベッドの上で横になって丸まった。本当は大声を上げて泣きたかったけど、おかあさんに聞こえたら、おかあさんまで泣いてしまうから、声を殺して泣いた。

枕《まくら》が涙で濡《ぬ》れる。濡れた部分が熱を帯びる。こめかみあたりがあたたかくなって眠くなってきた。

寝ている間は考えなくていい。

けど、一日の半分以上も寝ていると、眠くなくなってくる。

眠って逃げてしまいたい。

けれど寝られない。

そんなことを考えながら、また、なんで私なんだと考えてしまう。

天井に向かってたずねてみても、だれも答えてくれない。

ベッドに根っこが生えたみたいに、ずっと寝たきりになっていた。

学校には行けてない。

それよりも部屋から出る気も起きない。

立派な引きこもりだ。

ごはんも食べず、お風呂《ふろ》も入らないで、パジャマのままずっとベッドで横になって、ぐるぐるぐると「なぜ私なのか」を考えていた。

そのときだった。
窓の外から「ボー」って船の汽笛《きてき》の音がした。
気が立っているから、うるさいなと思ってしまう。
タイミングが悪いことに、「ボー、ボー」と連続で音が鳴る。
「うるさい！」
ヒステリックに叫《さけ》んでから私はクローゼットに隠れた。
防音室に改造したクローゼットは静かだった。
暗い中、ひざを抱えて縮こまる。
暗いからか余計に、精神が下に、下に落ちていく。
神様なんて信じたことがなかったのに、今は神様に対して文句《もんく》しかない。
なんで私なんですか。
思い当たるふしもない。
不敬なことなんてしたこともない。
これから一生懸命、音楽に向き合おうとしていたのに、なんで。
「なんで私なんですか！」

叫んだ。ここならおかあさんに聞かれないから思いっきり叫んだ。
ギターが目に入る。
当然、曲を作る気も起きない。
歌う元気も出ない。
配信……なんてもってのほか。
ファンの人は……心配に思ってくれているだろうか。
案外、私のことなんか忘れて、次の歌い手を推し始めてるかも。
そんなことを考えるとむなしくなった。
こんなことを考えていること自体、なんだかファンに申し訳なくなった。
「……つら」
体の底から絞り出すような声が漏《も》れた。
たぶん、私の心情をもっともよく表した言葉なんだと思う。
つらい。
ぽたりぽたりと涙が落ちていた。
「なんで、なんで……」
そんな言葉が漏れて、次々涙がこぼれていく。
拭っても拭っても手の甲だと追いつかなくて、気づけばわんわんと泣いていた。

体中の水分が出たんじゃないかってくらい涙が出た。

ダメだ。暗いところにいたら精神がやられる。

クローゼットから出て、ティッシュを探す。

ごみ箱はティッシュの山が出てきていて、部屋のティッシュは使い切っていた。

涙は流れるままにして、ベッドに横になった。ふとんで涙を拭った。

「サヤ」

ドアの向こうからおかあさんの声がした。

「なに？」

「サヤがつらいなら、病院でカウンセリングもあるらしいの。明日、いっしょに病院に行かない？」

心なしか、おかあさんの声も湿《しめ》っぽかった。

「そういうのはいいよ。ちょっと、今、元気ない」

「わかった。ごめんなさいね」

いつもは食い下がるおかあさんだけど、すぐ引き下がってくれた。逆にそれが申し訳なくなる。おかあさんもおかあさんで、自分を責めて泣いていたりしないだろうか。

そんなことを考えると動悸《どうき》がした。

同時に吐き気もした。

ピコンとスマホから通知音がした。

スマホを見ると、陽菜《ひな》からＬＩＮＥが入っていた。

通知欄に【体調大丈夫？】って書いてある。

「ごめん。大丈夫じゃないんだ」

そうつぶやいて、既読も付けずに無視をした。

☽

「ねえ、サヤ。お願いだから、ごはんを食べてくれない？」

おかあさんが部屋に入ってきて、涙ながらにそんなことを言うから、ごはんは食べるようにした。

喉《のど》を通りやすい、おかゆとか、おうどんとか、おかあさんは作ってくれた。

簡単にごはんを食べて、決められた薬を飲んで、また部屋に戻る。

ベッドで横になって、天井を眺める。

その繰り返しだった。

学校には行けなかった。

どうせ死ぬならと、行く意味をなくしていた。

ある日、おかあさんが、

「今日はコロッケ揚げようかしら。食べれる？」

って言ってきた。

私は、「いらない」って、おかゆを食べた。

寝て食べて寝るだけの生活を続けている。

もう何日も鏡を見ていないから想像だけど、きっと顔はこけて髪はぼさぼさなんだろう。

ただ生かされているだけって、感じがした。

また別の日、おとうさんが会社から帰って来るなり、「門司港《もじこう》プリン買ってきたぞ～」って、言ってきた。

気を遣ってくれていることはわかった。

けど、「いらない」って、そっけなくしてしまった。

部屋に戻ってベッドに寝転ぶ。

――いい加減、立ち直らないと。

そう思えば思うほど、体から力が抜けていく。

うつ症状が出るって、病気の特徴にあった。そのための薬も飲んでる。

「全然効いてないじゃん」

って口にすると、ベッドの上で「へへ」って口から漏れた。

ひさしぶりに笑った気がした。

そのときだった。

トントン、って部屋のドアがノックされた。

「はい」

そう言うと、おとうさんが顔をのぞかせて、

「ちょっといいかい？」

って部屋に入ってきた。

「どうしたの？」

「サヤにこれが届いたんだ」

一通の手紙を渡してくれた。

「ファンレター……かな？」

事務所へ送ってくれたファンレターは、マネージャーさんがチェックして内容が問題なければ自宅に郵送してくれることになっている。

「読む気力が湧《わ》いたらでいいと思う」

おとうさんはそう言って部屋から出ていった。

「まだ、忘れられてなかったんだ」

自然とそんな言葉が漏れた。

流行《はや》り廃《すた》りが激しい業界で、最近、配信もしていないのにこうやってファンレターをもらえたことに深い感謝をした。

差出人を見て、私は呟いた。

「……ＡＳＡさんだ」

それは、昔っから動画サイトでコメントをくれる、私も把握している最古参のファンからの手紙だった。

お花が描かれたかわいい便せん数枚に、まるっこいかわいい字が書かれていた。

『Ｙ《ヨ》ｏｒ《ル》ｕ様へ

はじめましてＡＳＡと申します。

いきなりのファンレター失礼します。

私は高校一年生になりまして、実はシングルマザー家庭で暮らしています。

中学のときはママと仲が悪くって、反抗ばかりしていました。

私のママは夜遅くに働いて、朝方帰ってくる生活をしています。夜に勝手に家から抜け出してみたり、家事をやらなかったり、そういうことを繰り返すうち「勝手にしなさい」って放任されるようになりました。

けど、Ｙｏｒｕの歌を聴いて、こんなに上手《じょうず》な人がいるなんてと衝撃を受けて、歌が上手なママに歌を教えてほしいって、一歩を踏み出すことができました。

私はＹｏｒｕに救われたひとりです。ありがとうございます。

この新曲を初めて聴いたとき、自然と涙が溢《あふ》れてきました。

私はシングルマザーの家庭で育って、ママと何度も喧嘩《けんか》をしてきました。

ママは私のために一生懸命働いてくれていたのに、私はそのことに気づかず、自分のことばかり主張していたと思います。

歌詞の中で「そばにいてくれるだけでいい」というフレーズが流れた瞬間、私の胸に突き刺さりました。私はずっと、「どうして私をわかってくれないの?」とママを責めてばかりだったけど、本当は私の方がママを全然理解できていなかったんです。家に帰るたびに疲れているのに、朝ごはんを作ってくれて「今日の学校はどうだった？」と聞いてくれたママのやさしさが、急に頭の中にあふれました。

もしかするとこの新曲は親に向けた曲じゃなくて、恋人や片思いの相手に向けた曲だったのかもしれません。けど私は自然とおかあさんと重ねて聴いてしまいました。「いっしょにいたい」ってなかなか親に言うものでもないのかもしれません。けど、なかなか言わない言葉だからこそ、大事にしないといけない感情なんじゃないかと思ってしまいました。

歌を聴きながら、私はママに謝りたいと思いました。でも、言葉にするのが怖かったんです。ずっと反抗ばかりしてきた私を、ママは受け入れてくれるのかなって。でも、あの歌が背中を押してくれました。伝えたい気持ちは流れていくって、そんな歌詞があって、私はその通りだと思ったんです。

帰ってからすぐに、ママに「ごめんね」と言いました。ママは「なんのこと？」っておどけていたけど、きっと伝わったと思うんです。

実はママはスナックをやっていて、そこにカラオケがあるんですけど、私はママのお店に

行って、Ｙｏｒｕの歌を歌うようになりました。まだまだうまく歌えないけど（笑）

どうやったらうまく歌えるか、ママに聞くようになりました。

どんどんママと会話が増えたのです。

この曲がなかったら、私はきっと素直《すなお》になれなかったと思います。

今では、この歌をうまく歌えないかママに教えてもらうことも増えました。今までの曲だって全部そうです。

Ｙｏｒｕは私とママをつないでくれた特別な存在です。

歌ってくれたＹｏｒｕに。

作ってくれたＹｏｒｕに。

心から感謝しています。

最近、動画のアップがなくなって心配しています。
もしかすると、楽曲制作中でしょうか。もしそうなら、幸せ以外ありません。
それと、盛大な自分語り、大変失礼しました（汗）
ただただ、Ｙｏｒｕにこれまでの感謝を伝えたくなりました』

その手紙を読みながら、私は涙ぐんでいた。

この感情はなんとも言い表せなかった。

忘れられていなかった安堵《あんど》と、伝わってたっていうよろこびと、自分の境遇に重ねた共感がぐちゃぐちゃに混ざって胸の奥を締め付けてくる。

「うれしいなあ……」

漏れた言葉は「うれしい」だった。

ただただ、うれしいんだと思った。

自分の曲が、歌が、こんなふうに伝わって、自分に返ってくることに、大きなよろこびを感じている。

うれしくて思わずその手紙を抱きしめた。

この言葉が、私の大きな指針になる気がした。

折れそうな、というか折れていた心を、また奮い立たせてくれる言葉になると思った。

同時に、

「ほかの子も、私と同じようなことで悩んでたんだな」

そんなことも思った。

おかあさんとの関係に悩んで、うまくいかなくて、けど心の奥底では……大事に思う気持ちもあって。なんでわかってくれないんだって、わかってほしいってこどもな部分もあって。

そうやって、悩んで苦しんだ私が、ひとりじゃなかったんだって教えてもらえた。

「ありがとう」

手紙をおでこに当てて、泣いていた。

縋《すが》るように手紙をおでこに当てて……何度も何度も「ありがとう」って。

私は立ち上がる。

ふらついた。

しばらく寝たきりだったから、急に動くと立ちくらみがした。

関係なかった。

防音仕様に改造したクローゼットを開いて、ギターを引っ張り出す。

「作ろう」

命が限られているなら、作ろう。

そう思った。

この前、おかあさんに言ったじゃないか。『これが一番だ！』って思える曲を作るって。

そうだ。

そうだ。そうだ。そうだ。

作ってやろう。

あとどのくらい命は持つだろう。

二年か。一年か。半年か。

わからないけど、明日死んだっていいって思える曲を歌いたい！

「作ろう！」

作ってやろうじゃないか！

この短い命と引き換えに、遺作で最高傑作を！

ちょうどそのとき、窓の外から「ボー、ボー、ボー」って汽笛の音がした。

なぜだろう。ちょっと前までこの音がうるさく聞こえたのに、今だとファンファーレのように聞こえる。

「がんばるぞ」

どういう曲がいいかな。

もう頭はフルスロットルで作曲を始めている。

次々とメロディが〝降りてくる〟状態だ。

作詞はどうしよう。だれに伝える歌にしよう。

ファンの人にかな。友達かな。おとうさんにかな。おかあさんにかな。

やっぱり、おかあさんに向けての曲だろう！

おかあさんに向けた、一番の歌を、私は作る。

ギターを抱えて弾いてみる。ノートパソコンで打ち込んでみる。

「違う！　今までと代わり映《ば》えしない曲なんか作りたくない！」

五線譜のノートを取り出して、書き出していく。すぐぐちゃぐちゃに塗りつぶして、違う違う違う、って頭をひっかいていた。

「これじゃ埒《らち》が明かない！」

私はギターを持って、部屋を出た。

あまりに勢いよく飛び出しちゃったから、部屋のドアがバン！　って壁にぶつかった。

おかあさんが目を丸くして見にくる。

「どうしたの？」

私はずんずん廊下を進んで、リビングのソファに座った。

「私、決めたの！」

「決めたって何をよ」

おかあさんは眉《まゆ》を寄せて心配そうに寄ってくる。

「どうせ死ぬなら、一曲作って死にたいって！」

死ぬって口にして、まだ直視できていないのか涙ぐみそうになってしまった。

けど、これだけは言い切らないとって思った。

「サヤ……」

おかあさんは唖然《あぜん》として、

「死ぬって、大丈夫だから、ね。そんなこと」

――言わないで。

そうおかあさんが言い切る前に、私は言葉をさえぎった。

「おかあさん」

きょとんとしているおかあさんに続ける。

「大丈夫だよ。私、ちゃんとわかってるから」

おかあさんは涙ぐんでいる。

我が子から、死ぬことを聞かされてどう思うだろうか。

なかなか身ごもらなかった私から、短い命を覚悟していると聞かされて、どう思うだろうか。

そんなことを考えたら、胸が張り裂けそうになった。

けど。

おかあさんの胸にずっと残るような。

私がいなくなったあとでも、聴いてくれるような、そんな曲を、私は残したい。

「ねえ、おかあさん」

「どうしたの？」

「どんな曲が聴きたい？」

自分から出た声が湿っぽかった。一拍おいて、鼻から息を吸って、がんばって明るい声を出した。

するとおかあさんは、「どうして?」って聞いた。

「私が、自分で作曲するとさ、やっぱり、手癖《てくせ》で作っちゃうんだよ。だからおかあさんと作りたいの」

軽くギターを弾いてみる。

既存曲に雰囲気の似たメロディがポロロンと流れていく。

「ほらね」

おかあさんを見ると、目を真っ赤《まか》にして涙を堪えているように見えた。

「そっか。ほらね、って聞いても、おかあさん私の曲を聴いたことないのか」

——私はサヤの歌、聴きませんからね。

あの言葉が脳裏に浮かんだ。

ちょっと悲しくなっているときだった。

おとうさんが割って入ってきた。


「あるぞ」


って、言った。

一瞬、「?」っておとうさんが何を言っているのかわからなくなった。

「おかあさんは、サヤの曲、新曲が出るたびに聴いてるんだ」

私はぶわっと目頭が熱くなって、視界がにじんだ。

「ほんと？」

って聞くと、

「応援してあげたかったけど、動画サイトとか、見られる気がしなかった。怖いって思っちゃったのね、きっと。サヤが知らない人に見られること。どこか遠くに行っちゃうこと」

って、おかあさんは言った。

「さっき弾いてくれた曲ね、いい曲だと、ママは思う」

ずっと聴いてくれていないって思ってた。

勝手にしなさいって突き放されたと思っていた。

けど、違ったんだ。ちゃんと……聴いてくれてたんだ。

そう思うと、涙がこぼれそうになった。

けど、ここで泣くのは違う気がした。

一番の曲を作って、できたって、どうせ泣くならうれし泣きがしたいって思った。

なんとかぐっとがまんする。

けど、無理だった。

んく、んっく、って嗚咽《おえつ》が出てしまって、どんどん涙があふれてくる。

「聴いてくれてないって思ってた」

おかあさんは背中をさすってくれる。

「ごめんね」

「おかあさんのバカ」

「ごめんなさい。ほんと、素直に応援すればよかった」

そう言って、ずっと背中をさすってくれた。

涙を拭いて、ギターを鳴らす。

「もっと、こう……」

——心に残るメロディが作りたい。

話を続けようとしたけど、また涙がこぼれてきた。

「サヤの歌、おかあさんは好きよ」

おかあさんの声は湿っていた。

私はうんうんってうなずくのが精一杯で、おかあさんは私が泣き止《や》むまで背中をさすってくれた。

泣き止むまで二十分ぐらいかかったと思う。

「おかあさんは、どんな曲が聴きたい？」

聞くと、おかあさんは「え？」って言った。

「え、ってなに？」

「だって私に聞かれると思ってなかったから」

「エモい感じにしたいんだよね」

「エモい？」

さらにおかあさんはきょとんしてる。

「エモーショナルなって意味だよ」

あ、ああ、とおかあさんは理解してくれたようで、

「どうかな」

ポロロンとギターを鳴らす。

「ん？」

と、おかあさん。

「協力してくれる？」

もちろん、とにこっと笑って、私の横に座って腕を触ってくれた。

「けど、協力ってどうしたら……？」

「おかあさんの青春時代に流行った曲とかない？」

そうねえ、とおかあさんは少し考えて、

「おどるポンポコリンとか流行っていたわね」

「懐かしいな～。私じゃ出てこない歌だ」

私はギターでメロディを弾いてみる。

おかあさんは手拍子をしてくれた。

私はおかあさんの手拍子に合わせて歌った。

おかあさんも少し歌ってくれた。

「……おかあさん」

おかあさんの歌声を聞いて手が止まってしまった。

そして率直な感想を口にする。

「めちゃめちゃ音痴《おんち》なんだね」

そう言うと、一秒、二秒、三秒、って間が空いた。

そして、

「そうよ～！」

ぷんと怒って立ち上がるおかあさん。

「中学高校と、音楽の成績『2』って言ったじゃない」

そんなことを言われ笑ってしまった。

もう、とおかあさん。

「今日はごはん、どうする？」

「がんばって、しっかり食べてみるよ」

そう言うと、おかあさんは、「よかった」って小さくつぶやいてキッチンに向かった。

☽

こうして私は曲作りを開始した。

リビングでおかあさんと曲作りをする。

ギターで軽く演奏してみて、メロディを探す。

リビングから見える関門海峡《かんもんかいきょう》はまるで生き物のようにうねうねと潮がうごめいている。

「こんなのどうかな？」

ポロロンと弾いてみると、

「いいと思うわよ。ちょっと待ってね」

おかあさんは「はじめての作曲」って本を片手に、勉強しながら私の作曲に付き合ってくれている。

メロディラインはいくつか浮かんでいて、それをおかあさんに聴いてもらう。

けど、おかあさんは「いいと思う」しか言ってくれないから、ちょっと判断がむずかしい。

「おかあさん、このメロディはどうかな?」

「えっと……いいんじゃない?　なんだかおしゃれな感じがするわね」

「おしゃれって……もう少し具体的にお願い」

笑いながら言うと、おかあさんは困った顔をした。

「ママ、音楽のことなんて全然わからないわ」

「でも、聴いてみて何か感じることはない?」

「うーん……うまく言えないけど、ちょっと元気すぎるかも?」

「元気すぎる?」

「なんて言うのかしら、もっとやさしい感じでもいいんじゃない?」

そう言っておかあさんは窓の外を見た。

光が揺れる雄大な潮の流れが目に入った。

「ああ……そっか。こんな感じってこと?」

「でも、違ったらごめんなさいね。ママ、全然自信ないから」

「いや、それでも助かるよ。やってみる」

私は試行錯誤しながらギターを弾いてみた。

「どうかな?　少しやさしくしてみたんだけど」

「えっと……なんとなく良くなった気がするけど……正直、何が変わったのかわからないの」

残念そうなおかあさん。

「わからないの⁉」

「ほら、素人《しろうと》にはむずかしいのよ。プロみたいに細かい違いとか全然聞き取れないし」

「まあ、そうだよね」

でも、おかあさんがそう言ってくれるなら、それはそれでヒントになる。

そんな気がした。

「こんな感じかなあ」

ポロロンとギターを鳴らす。

「そうそう、そんなのもいいかもね」

と、おかあさん。

「でもね、まだ物足りない気がするんだ」

って、私が言うと、

「そうなの？　どこが？」

おかあさんは小首を傾げていた。

「うーん、全体的にまとまりがないっていうか……自分でもよくわかんない」

すると、おかあさんは核心めいたことを言った。

「もしかして歌詞がないからじゃない？」

って。

「えっ、歌詞？」

「そうよ。ほら、メロディだけだと、何を伝えたいのかがはっきりしないんじゃない？」

「たしかに……今までメロディを先に作って、歌詞は後で付けてたからな」

「ママ、音楽は素人だけど、言葉は大事なんじゃないかなって思うの」

「それは……そうかも」

そう言って、妙に納得している自分がいた。

「……ありがとう。ちょっと考えてみる」

サヤのペースでいいからね。

おかあさんはそう言って、「プリン、食べる？」って聞いてきた。

最近、おかあさんはことあるごとに私に何かを食べさせようとしてくる。

私は「食べる！」って答えた。


その後、なんとなく浮かんだメロディに歌詞をつけてみようと、パソコンに打ち込んでみて、簡単な伴奏を入れて、歌詞を考えてみた。

するとなんかしっくりこなくて、うんうん唸《うな》っていた。

すっかり外は夜になっていて、関門海峡ではライトを付けた船がすいーっと進んでいる。

「うーん……やっぱりなんか違うな」

「サヤ、また悩んでる？」

おかあさんが紅茶を入れてくれて、ノートパソコンの横にカップをコトって置いた。

「うん。メロディを直したはずなんだけど、まだしっくりこないんだよね」

「そんなにずっと考えてたら疲れちゃうんじゃない？」

「でも、一番を作りたいから」

「根を詰めても大変じゃない？　少し気晴らししてみたら？」

「気晴らしって？」

そうねえ、っておかあさんは言った。

☽

「たまには外に出て、散歩でもしてきたら？」

おかあさんがそんなことを言うので、私はおかあさんに「じゃあ、いっしょに行こう」って言っていた。そしてふたりで散歩に出ることにした。

マンションを出て船着き場の方に向かって、海響館《かいきょうかん》って水族館の裏を通って、関門海峡そばをずっと進んで、リゾートホテルをぐるっと回って戻るルートだ。

ふたりで関門海峡のそばを歩いた。今日も今日とて風がびゅうびゅう吹いている。

「寒くない？」

おかあさんは自分のマフラーをはずそうとしたので、「大丈夫」と断った。

「この散歩コースって、サヤが小学生くらいまではよく来てたかしら」

顔をほころばせながらおかあさんは言った。

海響館の後ろにはイルカプールをのぞける小窓があって、イルカがいないかのぞいてみた。イルカが通って、「おかあさん、おかあさん、イルカだよ」って思わずはしゃいでしまった。

「サヤが小さいときもこの小窓からイルカを見るのが好きだったわよ」

そんなことをおかあさんは言う。

小窓は百五十センチほどの高さにあって、きっと抱えて覗かせてくれたんだって思った。小さい私は重かったのかな。それを平然とだっこしてくれたのかな。

そんなことを想像した。

それから小さな遊園地の観覧車横を通り過ぎて、リゾートホテルの裏を歩いて行く。潮の匂《にお》いが強くなる。関門海峡で釣りをしている人たちもいて、こんな流れの速いところで何か釣れるものなんだろうかと気になった。

「サヤが生まれたころはね」

おかあさんが言った。

「このリゾートホテルはなかったの」

一面の芝生《しばふ》広場がそこにあったっておかあさんは教えてくれた。

「その芝生広場で、お弁当広げて、赤ちゃんだったサヤは歩く練習してたんだから」

「そうなの？」

「そうよ～」

そう言って、おかあさんはリゾートホテルに目を向ける。思い出を見ているような目だった。

左手の関門海峡から、「ボー」って汽笛の音がした。

中くらいのタンクローリーが海を渡っている。

「当たり前かもしれないけど」

私は言った。

「おかあさんって、私がそんなに小さい頃から、おかあさんしてくれてるんだよね」

そんなことを言うと、

「当たり前よ～」

ってかあさんは笑った。

「サヤがおなかにいるときからおかあさんしてるわよ」

そんなことを言われて、自然と「ありがとう」ってそんな言葉が口から漏れていた。

おかあさんは目を丸くして、

「いーえ」

って言う。

帰り道、緑のコーヒーショップを指しておかあさんは言った。

「あたたかいものでも飲む?」

「ん～。ココアでいい?」

いいわよ。

そう言って、おかあさんは微笑んでいた。

なんだろう。漠然とした想《おも》いが私の中にある。

その想いを歌にしたいって、おかあさんを見ながら、そんなことを思った。

曲の方向性が見えた気がした。

☽

さあ、曲を作ろう!

ってなったとき、入院になった。

自分の意思とは反して手が震えだして、病院に行ったらそのまま入院になった。

けいれんを抑えるための薬を飲んで、一～二週間、経過をみるらしい。

ほかの症状としてはだるいぐらいの病状で、そこまでひどくないと感じる。

薬の副作用が強く出ないかを試しているだけだから、ぶっちゃけ、暇《ひま》だった。

個室の病室から海が見えた。海辺の壁には額縁のような大きな窓があって、関門海峡を切り取るように景色が見える。門司港の裏側にある大きなクレーンがいくつか見える。こんな景色をしんとした個室の病室で見ていると、絵画でも見ているような気にもなってくる。

「暇だなあ」

そうつぶやいたときだった。

「サヤ～」

病室のドアが開いておかあさんが姿を見せた。どうやらお見舞いに来てくれたみたい。

「調子はどう？」

「うん。暇な以外は順調」

「そう」

おかあさんは大きなカバンを抱えている。昨日、急遽入院になっちゃったから、着替えとか一式持ってきてくれたみたいだ。

「ここ、着替えを入れておくからね」

「ありがとう」

「お風呂は入れてる？」

「うん。病院のシャワー室使わせてもらった」

「ごはんは?」

「食べれてるよ。ここの料理、おいしい方かも」

そこまで言うと、おかあさんは「よかった」って微笑んでくれた。

「これ、サヤにお願いされていたものね」

ノートパソコンを取り出すおかあさん。

「充電ケーブルは?」

忘れてないわよ〜、っておかあさんは笑ってる。若干《じゃっかん》、機械音痴だからちょっと心配していたけど、大丈夫なようだった。

「ありがとう」

「お医者さんは何か言ってた?」

「んーん。薬を飲んでから、体調がわるくなったりがありますか? って聞かれたくらい」

おかあさんは、「そ」って言った。

「そのノートパソコンで何するの?」

「暇だから作曲でも続けようかって。今回は作詞のイメージを作りながら作ってみる」

「無理しないでね」

心配そうなおかあさんに、

「暇すぎるから、こういうことしないと、逆に体調わるくなりそうだって」

そう言うと笑っていた。

それから毎日、おかあさんはお見舞いに来てくれた。

毎日決まって、「お風呂は入れてる？」「ごはん食べてる？」「寝れてる？」ってこの三つを聞いてくるものだから、四日目には、「ごはん食べて、お風呂入って、たっぷり寝たよ」そう要約して報告するようになった。おかあさんは笑っていた。

夜。

しんとした病室は、消灯時間が過ぎるとさらにしんとする。

窓のブラインドを上げると病室は月明かりに照らされた。

窓辺のソファに座って、夜の海を眺めていた。そうしてぼんやりと詞をイメージしてみる。

星が浮かんでいた。月も浮かんでいた。低い位置の月が、関門海峡を照らしている。月が映り込んでいるんじゃないかって思ったけど、そこまでではなかった。

「こんなきれいな景色が身近にあったんだなあ」

そうつぶやいて、詞を口にしてみた。

「夜……月夜が……水面を照らして」

口ずさんでみても、なんだかな～って思ってしまった。

なんというか、一本、筋が通っていない日本語の羅列のように思えてくる。

リズムに乗せればそれなりに聞こえるかもしれないけど、それなりだとダメなんだと考える。

「私は、何が歌いたいのか〜♪」

軽く歌って笑う。

むずかしいなあ……。

さざ波のような曲が頭の中で響いてる。けど、言葉がうまくついてこない。浜辺に書いた文字が、寄せては返す波に消されるようなイメージが湧いた。

それはなぜなんだろうって思う。

テーマは漠然と見えている。

テーマに合った言葉が見つからない。

それはなぜなんだろうって。

ぶっちゃけ、昼間寝たし、疲れてないから、全然眠くなかった。

ずっと窓の外を見て、夜を明かした。

朝の七時ぐらいになって、朝焼けが水面を照らしていた。

☽

次の日の夜。

私はひさしぶりに配信をした。

「今日は歌えなくてごめんなさいなんですが、雑談とかできたらなって思って配信しました」

スマホの画面に、『わ～♥』とか『ひさしぶり～😍』ってコメントがたくさんあふれてくる。

「心配させてすみません。おひさしぶりです」

『元気ですか～😊』と、聞かれたコメントにドキリとする。

私は息を吸って、

「元気ですよ～！　はは。本当に心配をおかけしましたね～。新曲を作ってて、集中していました」

新曲、っていう言葉にファンのみんなは反応してくれて、『ええ！』とか、『超聞きたい！』とか、『楽しみ～♥』ってコメントが一気に画面にあふれた。

ひさしぶりかつ雑談のみの配信なのに、同時接続数が五百を超えて、たくさんの人が私の声を聞きに来てくれた。

「みなさんありがとうございます」

本当にありがとうだ。

こうやって推してくれる人からの期待は、私のパワーになっていく。

推してくれる人がいる人生なんて、なんてうれしいんだろう。

本当に本当に、ありがとうだ。

しみじみそんなことを考えていると、『どのくらい新曲はできているんですか?』と質問があった。どう答えようか少し悩んだけど、

「いや〜、実は作っちゃ壊しの繰り返しをしていまして、全然できていないんです。すっごい難産です」

そんなことを言うと、やっぱり『えー!』とかみんなから言われてしまう。

ひとつ、コメントに『めずらしい!』ってついた。

「え。めずらしいかな。私、そんなにすらすら新曲作っている印象だったりする?」

『その印象です〜』とか、『新曲ペースはやいもん!』とか、みんなから言われる。

「そっか〜、私ってそんなに新曲ペースはやかったんだ〜」

すると、『いつもは、どうやって作ってるんですか?』って聞かれた。

「メロディが浮かんで、曲から作るでしょ。そして、そのメロディに合う歌詞を、そのときの気持ちとかで付けて、作るかな〜」

そこまで言ってふと気づく。

「そっか〜、もしかすると、気持ちが整理できてないのかもね〜」

って、ひとり言のように言っていた。

おかあさんへの感謝を歌にしたい。

けど、遺作になるかもって思うと、何を残したらいいのかわからない。

そもそもおかあさんへの感謝ってなんだろう。何に対して？　わからない。

そんなわからないことだらけで歌なんかできるはずもなく。

少し黙っていると、『大丈夫ですか？』ってコメントが上がってきた。

「あ、ごめんごめん。大丈夫だよ。けど、なんだろう。話してて、楽になりました。みんな、いつもありがとうございます」

そう言うと、『ありがとうって言われるとうれしい～』ってコメントが来て、私までうれしくなった。

推してくれる人がいる人生っていいなって、そう思いながら、夜は更けていった。

☽

毎日、毎日、おかあさんはお見舞いに来てくれた。

毎日、毎日、「お風呂は入れてる？」「ごはん食べてる？」「寝れてる？」って聞いてくれた。

そして薬の副作用の経過観察も終わり退院になった。

引き続き自宅で症状緩和の薬を飲んでくださいと医者から説明があった。

おかあさんは空っぽになった入院室のベッドをきれいにしていた。

「ありがとうね」

たぶん、このありがとうって言葉は、私が人生においておかあさんに言いそびれていた言葉ナンバーワンだ。私が言うと、おかあさんは、

「ん?」

って、言った。きっとなんのこと?　って意味だと思う。

「いや、毎日毎日、お見舞いに来てくれて」

おかあさんは笑いながら、

「当たり前じゃない」

って。

「ママはね、おかあさんなんだから、当たり前なのよ」

「そういうものなの?」

聞くと、

「そうよ。だって、世界で一番、サヤを推してる人間だもの」

だから、こんなことは当たり前。

そう言って、笑っていた。

「そっか。世界で一番、私を推してくれている人って、おかあさんなんだね」

そう言うと、妙に納得する私がいた。

「ありがとう」

死ぬまでに何千回でも言おうと思った。

言いたいって思った。

死んだあとも、ありがとうが残るように、何万回でも言ってあげたいって思った。

そうか。

そんな歌が作りたいんだ。って気がついた。

「え、え。なんで泣いてるの？　どこか痛い？」

おかあさんがそう言って、私は泣いていることに気がついた。

そっか。

そうなんだ。

こんな感覚は初めてだった。

もやもやしていたことが晴れるって、こんな気持ちなんだ。

「ありがとう」

手のひらで涙を拭う。おかあさんは片付けたバッグからティッシュを取り出してくれる。

「ありがとう」

おかあさんが背中をさすってくれる。

「ありがとう」

おかあさんが心配してくれた。

「ありがとう」

今日だけで何回言えるかな。

そう思って、早くこの気持ちを曲にしたいって、思った。

☽

私は帰るなり部屋にこもった。

おかあさんに、曲ができそうって言って。

自分の部屋に行って、五線譜にメロディを書く。歌詞も付けながら歌ってみる。

ギターを手にして弾いてみた。それをパソコンに打ち込んでいく。

ＢＰＭはいくつにしよう。

夜の関門海峡をイメージして、月が浮かんでいる海のような曲にしようと思った。

途中、手がけいれんした。手を振ってごまかしてもまだ震えていた。

リビングに行って薬を飲んだ。

「どこかわるいの？」

おかあさんが心配そうに聞いてきたけど、「大丈夫」って言った。

部屋に戻ってまたギターを弾く。
ポロロンとポロロンと弾いて、またパソコンに打ち込む。
そう。こんな感じ。
伴奏はどうしよう。
静かにハイハットを入れて、コードはピアノを入れて。
バスドラムとベースも入れて厚みを持たせて。
そうそう。こんな感じなんだ。
歌詞がどんどん浮かんでいく。
軽く口ずさんで文字数を合わして。
一番ができた。
二番ができた。
Ｃメロ入れて、最後のサビを入れて。
「……できた」
時間を忘れて曲作りに没頭していた。
退院は午前中だったのに、もう夜になっている。
脳がどくどくして、頭はパンクしかけてる。
曲を聴いて、書き殴った歌詞を見ながら、軽く歌う。

なんだろう。自分の曲なのに、泣けてきた。

「できたんだ」

声が湿っぽかった。

もう泣きそうだった。

そのときだった。

「サヤ～。ごはんできたわよ」

おかあさんの声がドアの向こうからする。

「ちょっと、今いいところだから、あとでいい？」

おかあさんは、おなか空いてない？　って言ってくれた。

「大丈夫。ありがとう」

そう言うと、おかあさんの足音が遠のいていった。

私はクローゼットに入る。自分の収録室に。

ギターを担《かつ》いで、手をグーパーする。大丈夫。薬が効いている。

パソコンで録音モードにして、息を吸った。


「大好きなママへ。

今まで本当にありがとう。

これはママを想って作った曲です」
歌う前にメッセージを吹き込んでみた。
おかあさん……いや、ママへの素直な気持ちを吹き込んで。
「勉強しなさいとか、家事を手伝いなさいとか、
自分の趣味で洋服を選んでくるところとか、
ママの嫌いなところはたくさんあるけど。
おいしい料理を作ってくれるところとか、
なんだかんだ応援してくれるところとか、
そういうところがママの大好きなところです」
煙たく思ってるように振る舞っていたけど、全然そんなことはない。
なんだかんだ好きで、こうやって歌を届けるなら、やっぱりママになんだって思える。
「一度、ママと大喧嘩したことがあったよね。
私が決めたことをどうせ認めてくれないから、

私は何も言えなかった。
私が黙っているから、ママも怒っちゃって。
あのときは、本気で家を出て行こうかと思いました。
けど、ごめんね。
たぶん私は、ママに認めてほしいだけだったんだと思う」

あのときはそう。
本気で出て行こうと思ったけど、本当は連れ戻してくれるって信じてたんだ。
連れ戻されて安心したのは、ずっと秘密にするけど。
ありがとう。

「うじうじしちゃうところとか、おおざっぱなところとか。
歌が好きなところとか、苦手なところとか。
歌の趣味だとか、洋服の趣味だとか。
大事にしているものとか、大事にしていないものだとか。
似ているところ似てないところがあるけれど、
やっぱり私は、ママのこどもなんだって思うんだ。

ね、ママ。
これだけは言わせて。
私のママになってくれて、ありがとう」

そう。
そうなんだ。
ありがとう。
ママへ、ありがとうをたくさん伝えたい。

「本当に、これが本心です。
そんな気持ちを、歌にしてみました。
タイトルは、未定です。
じゃないか。
とりあえず、『ママへ』というタイトルで。
聴いてください。ママへ」

メッセージを吹き込んで、目頭が熱くなっていた。

このまま油断しちゃうと、泣いちゃうくらいに。
けど私はぐっと我慢して、ギターを鳴らす。
ママへ最後の、一番の曲を伝えたくて、この歌を作ったのだから。
うまく歌えるといいな。
私はすっと、息を吸った。

星が輝く夜　私を照らすように
強さをくれる　温かな光
疲れたときもひとりじゃない
あなたのそばなら大丈夫

いつも一緒に歩いた海辺
寄り添う風は安らぎを運んで
たとえ光さえ見えなくても
あなたの声なら届くから

海に花束《はなたば》を投げたらあなたに届くかな

夜の水面　朝焼けが照らす
いつかちゃんと渡せたらいいな
たくさんのありがとうをあなたに

雨がそっと止んで　虹がかかる空
あなたと見上げた　広がる景色
どんな夜でも　闇《やみ》を越えてゆく
朝が来ることをはっと知った

足跡を残した砂浜の道
あなたがいたから進めた未来
たとえ涙で前が見えなくても
あなたのそばで夢をみつける

空に光を描いたら　あなたに届くかな
夜明けの風に翼を広げる
いつもとなりでそばにいてほしい

たくさんのありがとうをあなたに

影が伸びてく　闇が生まれる
闇が明けてく　光が生まれる
夜が明けたら　朝が来る
朝が来るまで　夜は待つ

海に花束を投げたら　あなたに届くかな
夜の水面　朝焼けが照らす
いつかちゃんと渡せたらいいな
「ありがとう」を歌にしてあなたに

毎日、太陽が昇って朝が来る。朝が来たら、夜になる。

そんな日々の暮らしの中で、私を一番に推してくれるママに、伝えきれなかった言葉を贈りたい。

もう食べないの?

どこに行きたいの?

おいしい？
これ、ほしいの？
どこ行くの？
体調は大丈夫？
私がついていこうか？
心配事はない？
プリンが好きだから、ここがいいんじゃない？
オープンキャンパスは楽しかった？
おなか、空いてない？
夜ごはん、食べたの？
コロッケ、食べる？
プリン、食べる？
寒くない？
あたたかいものでも飲む？
調子はどう？
お風呂は入れてる？
ごはん食べてる？

寝れてる?
ごはんできたわよ。
私を気にかけてくれるママの言葉が脳裏に浮かぶ。
歌い終わって、そんなママの顔が浮かんだ。
せき止めていた思いが一気に瓦解《がかい》して、涙になってこぼれてしまう。
はっはっはって、過呼吸になりそうになりながら、私は必死に息を整えた。
どれだけ私は愛されていたんだろう。
どのくらいママは私を愛してくれていたんだろう。
「気づくのが、遅くなっちゃったな」
そう言葉にすると、一層涙があふれてしまった。
ママ。
いつも、いつも、たくさん、ありがとう。

☽

リビングから見える関門海峡は、今日も朝日をゆらゆら揺らして悠然とたゆたっている。
ソファに座って、ギターをポロロンって弾いてみた。

「おかあさん、こんな感じはどうかな」

「おかあさんは、いいと思うけどなあ〜」

って、おかあさんは小首を傾げている。


結局、「ママへ」をおかあさんへ聴かせることはなかった。

歌い終わって、「一番の曲が、できた！」って実感したのは間違いなかった。

けど、同時に気づいたのだ。

この曲を聴かせたら、ママと曲の相談が減っちゃうなって。

そして思いついたのは、聴かせないこと。

あの歌は私のパソコンの中に残っている。

まあ実際、目の前で聴かれると恥ずかしいと言えば恥ずかしいわけで。

私が死んじゃったとして。

あの曲は、だれかが偶然みつけてくれたらいい。

おかあさんでも、おとうさんでも、私のパソコンのロックを解除して、録音ソフトの履歴から、偶然……再生してくれたらいい。……されるかなあ？

そんなことを思うと、お蔵入りしてしまう可能性も高いわけで。

まあいいか。

もう一曲でも、もう二曲でも、おかあさんと作ればいいって、今なら思える。

「沙夜《さや》はどう思う?」

おかあさんがそんなことを聞いてくる。

私は「こんな感じでもいいかな」って、またギターをポロロンと鳴らす。

窓の外から、「ボー」って汽笛の音が鳴った。

いつもと変わらないこんな日々が、あとどのくらい残っているかはわからない。

けど、こうやって過ごす朝が最近好きになってきた。

「おかあさん」

「どうしたの?」

「いつも、ありがとうね」

そういうことを、ちゃんと伝えていこうって、思った。

あとがき

お世話になります。志馬《しま》なにがしです。

大前提として人それぞれだと思うのですが、私はやはり母親というのは特別な存在なのだと、「夜が明けたら朝が来る」「朝が来るまで夜は待つ」この二冊を書かせていただく中で、改めてそんなことを思いました。無償の愛、つまり見返りのない愛といいますか。自分さえ愛することも難しい世の中で、なかなか自分以外へそんな感情を向けるのは難しいのだと思います。それでも、最初に私を抱きしめてくれたのは、きっと母だと思うんです。

当たり前なことですが、私たちの毎日は朝がきて夜がきます。夜がきたら朝がきます。その繰り返しの中で私はどれほどのものを受け取ってきたのでしょうか。太陽と例えるべきか、月と例えるべきか。どちらも高いところから無償に光を注いでくれました。私が私として今があるのは、母のおかげかもしれません。この場を借りて、母に感謝を。

本作も皆様のお手元に届くまでたくさんの方にご助力いただきました。

すばらしいイラストを描いていただいたｒａｅｍｚ様。正直ｒａｅｍｚ様のイラストによって、私の中のふたりの姿がより鮮明になりました。本当にありがとうございます。担当編集の中村様。いつも二人三脚になってくれてありがとうございます。感想をくださるみなさま。みなさまの感想が生きる気力や次を書く活力になっています。ありがとうございます。本の印刷から販売に関わるすべてのみなさま。私も本が好きです。そんな本を届けるために力を貸していただいて、本当に感謝しています。みなさまいつもありがとうございます。

また、前作をきっかけに関門エリアへ足を運んでいただいてる方をＳＮＳで拝見し、とてもうれしく感じております。みなさまぜひ関門エリアに遊びに来てください。私のおすすめは、「海峡ビューしものせき」という宿舎の温泉と、「ＨＵＮＧＲＹＳ」のハンバーガーでございます。稀にその他おすすめをつぶやいておりますので、お気軽に私のＸをフォローしていただけると幸いです。

これからもがんばっていきますので応援いただけるとうれしいです。

志馬なにがし

ファンレター、作品の
ご感想をお待ちしています

〈あて先〉

〒105-0001
東京都港区虎ノ門2-2-1
SBクリエイティブ（株）
GA文庫編集部 気付

「志馬なにがし先生」係
「raemz先生」係

本書に関するご意見・ご感想は
右のQRコードよりお寄せください。

※アクセスの際や登録時に発生する通信費等はご負担ください。

https://ga.sbcr.jp/

朝が来るまで夜は待つ

発　行　　2025年3月31日　初版第一刷発行

著　者　　志馬なにがし
発行者　　出井貴完

発行所　　SBクリエイティブ株式会社
〒105-0001
東京都港区虎ノ門2-2-1

装　丁　　長﨑 綾（next door design）

印刷・製本　中央精版印刷株式会社

ISBN978-4-8156-2641-9
Printed in Japan　GA文庫

目には見えないからこその、
透明な夜に駆ける君と、目に見えない恋をした。
[原作]志馬なにがし
(GA文庫／SBクリエイティブ刊)
[作画]hat.
[構成]敷 誠一
[キャラクター原案]raemz
©hat./SQUARE ENIX

第18回
GA文庫大賞
GA文庫では10代～20代のライトノベル読者に向けた魅力溢れるエンターテインメント作品を募集します！
創造が、現実《リアル》を超える。
イラスト／りいちゅ
大賞賞金300万円+コミカライズ確約！
◆募集内容◆
広義のエンターテインメント小説（ファンタジー、ラブコメ、学園など）で、日本語で書かれた未発表のオリジナル作品を募集します。希望者全員に評価シートを送付します。
※入賞作は当社にて刊行いたします。詳しくは募集要項をご確認下さい。
全入賞作品を刊行までサポート!!
応募の詳細はGA文庫公式ホームページにて
https://ga.sbcr.jp/

試読版は
こちら!

大賞
第15回
試読版は
こちら!

――ふたりだけの、特別な恋。
4年ぶりの《大賞》受賞作品を堂々のコミカライズ!!!!!!!!!!!!
第15回GA文庫大賞
マンガUP!(スクウェア・エニックス)にてコミカライズ連載中!
▲詳細はこちら